KOLLECTION

브랜드 스페셜리스트 K의 20년 쇼핑 역사의 기록

소비의 현답, 롱 라이프 브랜드에서 찾다

KOLLECTION

펴낸날 | **초판 1쇄 발행 2015년 11월 13일**

지은이 | **김지영**
펴낸이 | **김태우**

사진 | **이상천**
디자인 | **김동휘**
교열 | **박소영**

펴낸곳 | **위러브더북**
주소 | **서울시 마포구 토정로 15길 32(신수동)**
전화 | **02-704-7025**
팩스 | **02-704-2324**
이메일 | **rayrainpapa@gmail.com**
출판등록 | **2002년 12월 26일 제2002-000429호**

ISBN **978-89-966857-0-8**

이 도서의 국립중앙도서관 출판예정도서목록(CIP)은 서지정보유통지원시스템 홈페이지(http://seoji.nl.go.kr)와 국가자료공동목록시스템(http://www.nl.go.kr/kolisnet)에서 이용하실 수 있습니다.(CIP제어번호: CIP2015028712)

브랜드 스페셜리스트 K의 20년 쇼핑 역사의 기록

소비의 현답, 롱 라이프 브랜드에서 찾다

KOLLECTION

김지영 지음

추천의 글

누구에게 어떤 브랜드를 좋아하느냐고 묻는 것은 음식에 대한 질문과 좀 차이가 있다. 둘 다 그가 어떤 사람인지 알게 해주는 민감한 질문이지만, 브랜드에 대해선 보다 공격적일 수 있다. 왜냐하면 브랜드에는 경제력뿐만 아니라 시민의식, 세계주의자적 면모, 환경을 보는 관점, 박애, 인간성에 대한 모든 단서가 포함돼 있기 때문에.

화장실에 있는 네온 보라색 콜게이트 치약만 해도 취향은 어떻게든 드러나기 마련이라는 걸 매일 시위한다. 브랜드가 우리의 삶과 타인과의 관계를 마술처럼 행복하게 만들진 않지만, 그걸 믿건 안 믿건 이 양자의 관계를 벗어나긴 좀 어렵다. 예를 들어 현금 두둑한 자동차광이 아니라면, 람보르기니야말로 최고 중의 최고라고 주장하는 사람과 한 시간을 이야기할 수 있을까?

어떤 사람은 만지는 것만으로도 이목을 집중시키는 능력이 있다. 애쓸 필요도 없다. 《Kollection》에 실린 브랜드들은 아무리 일상적이라 한들 명성 있는 브랜드 스페셜리스트로서의 그 세월 그 역사 속에서 감별되지 않은 게 없다. 이 책에서 오늘도 얼굴을 씻었던 아이보리 비누를 보았을 땐 아, 내 취향도 후진 건 아니라고 나 혼자 안심하는 것이다.

이 책을 읽다 보면 가슴속에 온화한 구름이 차오른다. 사물을 보는 분별을 갖춘 계기가, 브랜드가 살갗처럼 시간 속에 달라붙은 삽화가, 결국 삶을 제대로 향유하게 된 과정이 하나같이 조촐하고 조물조물 사랑스러워서. 그래서 자꾸 저자의 생활 속으로 침입해 들어가선 뭐든 같이 씹고 뜯고 맛보고 즐기자고 조르고 싶어진다.

우리는 환상 속에 산다. 브랜드가 약속하는 장래의 환상 속에서. 브랜드는 동시에 의심으로 반짝거린다. 우리는 그것을 필요로 할까? 진짜 원할까? 브랜드는 단지 어딘가에서 공간을 필요로 하면서 자기를 봐주기만 바랄까? 어처구니없이 많은 그릇과 조그만 도서관을 하나 차릴 정도의 책들, 쓰기엔 무거워도 버리자니 너무 잘생긴 꽃병들은 앞으로 한 번이라도 손댈 일이 있을까? 지난 1년 동안 한 번도 그리워하지 않았고, 최소한 그 훨씬 전에도 신지 않았던 구두는 또 어떤가? 그런들 또 무슨 상관인가? 브랜드가 지니는 의미, 그것을 소유하는 것에 대한 기대가 엄청 커진 게 왜 그렇게 놀랄 일인가? 브랜드에 권력의 속성이 내제돼 있는 건 부도덕한가? 이 책이 말하듯 브랜드가 소속감부터 감정적 욕구, 내적인 평화에 이르기까지 모든 것을 준다고 약속하는 게 타당하지 않단 말인가?

《Kollection》을 덮으면서, 죄의식을 느끼지 않고는 발음할 수 없었던 브랜드들이 풀빵처럼 일상의 한 부분으로, 아니 삶 자체로 용해돼 있다는 것을 배웠다. 이 책은 말한다. 브랜드의 핵심은 현재에 집중하라는 거라고. 브랜드는 가족, 친구들, 행복한 시간처럼 진짜 기쁨을 위해 남아 있는 작은 공간과 같다고. 결국 브랜드는 '삶의 양식'보다 우선하는, 삶에 대한 순수한 추구라고.

《Kollection》은 북적대는 스타벅스에서 읽어도 좋지만, 내 생각엔 아무도 리모컨을 두고 다투지 않고, 팝콘 낱알을 흩어놓지도 않는 어느 저녁, 적당한 소파에 앉아 읽는 게 더 재미있다. 커피 기계, 커튼, 세라믹 접시, 오디오에 둘러싸인 채 열망과 조화와 사랑이 더 강화되는 어느 저녁에.

〈GQ KOREA〉 편집장 **이 충 걸**

머리말

엄마는 항상 말씀하셨다.

"하나를 사도 좋은 것, 제대로 된 것, 오래 쓸 것을 사라."

새것과 유행하는 것을 동경하고 무엇이든 많이 갖고 싶었던 젊은 시절, 쇼핑에 대한 엄마의 견고한 철학과 조언은 가끔 피곤했고 듣기 싫었으며 그저 잔소리 같았다.

살아보니 세월이 정말 빨리 간다. 10년, 20년이라는 시간을 눈 깜짝할 사이에 보내는 동안 셀 수 없이 많은 물건과 브랜드가 나를 스쳐 지나갔다.

2015년은 사회생활 20년 차, 브랜드 스페셜리스트로 일한 지 10년이 되는 해다. 이른바 명품업계에서 20년을 일하면서 통장보다 쇼핑과 절친으로 지내는 것이 익숙한 삶이 되었다.

어느 날 심플하게 살고 싶어졌다. 도미니크 로로Dominique Loreau의 가르침대로 욕심을 버리고 불필요한 물건을 다 정리해야겠다고 마음먹었다. 집 안을 둘러보다 지난 20년간 여한 없이 사 모은 형형색색의 물건들 앞에서 숙연해졌다. 없는 것 빼고 다 있는 '만물상'에 살고 있는 나를 발견한 것이다. 높이·색깔·계절별로 가지런히 놓여 있는 구두들과 길이·크기·소재·두께·용도별로 넘쳐나는 옷가지와 핸드백, 액세서리는 물론 작은 서점만큼의 책들과 동서양식을 다 차려낼 수 있는 식기 등을 쳐다보고 있으니 갑자기 숨이 막혔다.

가장 후회스러운 구매품 중 하나는 고철로도 팔지 못할 '코스튬 주얼리costume jewelry'들이었다. 18K였다면 금값이라도 남았을 텐데 왜 그 돈을 주고 그 물건들을 샀을까 내 자신이 안쓰러워졌다. 인생과 쇼핑의 현명한 선배님이신 엄마 말씀을 귀담아들었더라면, 지금 알고 있는 것을 조금 더 빨리 알았더라면 얼마나 좋았을까.

이 책은 지난 오랜 세월 동안 지극히 사적인 일상의 쇼핑을 통해
발견한 '평생 쓰는 브랜드'들에 대한 주관적 고찰에 의한 소개서다.
학자의 이론이 아닌 소비자로서 실제로 구입하고 사용하고
전문가로서 일하면서 인정하게 된 '좋은 브랜드들'을 나의 사랑하는
딸 유빈을 비롯한 인생의 후배와 '브랜드'에 관심 있는 많은 사람과
나누고 싶었다.

가치 소비가 화두인 이 시대에 지속가능한 브랜드를 선별하고,
가성비價性比와 미래가치를 예상할 수 있는 현명한 소비자들이
많아졌으면 한다.

나 같은 시행착오를 겪지 않고 한 번 사서 오래오래 함께할 수 있는
롱 라이프 브랜드들과 조금 더 빨리 친해져 이것들이 전하는 평범한
일상적 가치를 누리기 바라는 마음이다.

김 지 영

심플하되 우아하게

로얄 코펜하겐

2000년 3월, 친한 친구 희정에게 결혼 선물로 로얄 코펜하겐Royal Copenhagen 화이트 플레인 커피잔 세트를 받았다. 단순한 디자인의 순백 찻잔과 받침에 특유의 둥근 홈 주름, 즉 플리티드pleated 패턴이 각인되어 소박하지만 우아한 느낌을 주는 이 커피잔은 평생 곁에 두고 싶은 아이템이다. 곱게 쓰다가 외동딸 유빈이가 결혼할 때 꼭 물려주고 싶다. 좋은 물건이란 결국 질리지 않는 것이라면, 로얄 코펜하겐 테이블웨어는 쓰면 쓸수록 애정이 간다. 세상에 기특하고 좋은 테이블웨어 브랜드는 많지만, 로얄 코펜하겐의 가장 큰 매력은 한식 상차림에도 아주 잘 어울린다는 것이다. 종려나무 잎을 소재로 한 블루 팔메테Blue Palmette는 여백의 미를 느낄 수 있어 한식은 물론 다양한 아시아 요리를 담아내기에 제격이다. 아주 깔끔한 화이트 플레인 컬렉션과 믹스앤매치mix&match해서 주로 사용한다. 영민한 브랜드답게 한국 시장만을 위한 한식 테이블 컬렉션도 출시했다.

사실 20대에는 로얄 코펜하겐의 매력을 잘 몰랐다. 더 화려하고, 더 고급스러운 것을 탐닉했던 것 같다. 직업적으로 보고 들은 것은 많아서 빌레로이 앤 보흐Vileroy & Boch나 베르나르도Bernardaud로 세팅된 화려한 다이닝 테이블을 꿈꿨다. 심지어 스물아홉의 철없고 무지한 신부는 큰 꿈에 부풀어 에르메스 샹 당크르Hermès Chain d'ancre 컬렉션을 구입해 시집을 갔다.

첫 번째로 시집가는 둘째 딸의 꿈을 깰 수 없었던 착한 우리 엄마는 차마 말리지도 못하고 잘 들리지 않게 한 마디 하셨다. "그런 그릇은 매일 쓸 수 있는 게 아니다"라고. 실제로 유학생 신혼살림에 에르메스 디너웨어가 어울릴 리 없었고, 14년 전 크레이트 앤 배럴Crate & Barrel이나 포터리 반Pottery Barn에서 사 모은 아메리칸 스타일의 수많은 그릇은 찬장에서 깊은 잠을 자고 있는 지 오래다. 앞서 언급한 화려한 브랜드들도 마찬가지 신세다. 역시 밥상을 위한 정답은 로얄 코펜하겐이다.

Royal Copenhagen

1775년 덴마크 율리아네 황태후Juliane Marie, Queen of Denmark(1729~1796)의 후원으로 설립되어 덴마크 왕실 도자기를 제작했다. 로얄 코펜하겐을 상징하는 세 줄의 파란색 물결무늬는 덴마크를 둘러싸고 있는 대벨트 해협Great Belt, 소벨트 해협Little Belt, 외레순 해협Øresund을 상징한다. 1197번의 붓칠과 1400℃의 온도에서 구워 하얀 색상과 투명성을 자랑하며 맑은 파란 색상을 특징으로 최상의 품질과 전통을 만들어내고 있다.

www.royalcopenhagen.com

평생 쓰는 그릇

아라비아 1873

지극히 사적인 취향 때문이긴 하나 이 책을 통해 다양한 핀란드 브랜드를 소개하는 이유는 분명하다.

20~30대에는 오히려 서유럽 브랜드를 무척 좋아하고 동경했는데, 나이가 들수록 브랜드에 대한 생각과 가치가 달라지는 것을 느낀다. 즉 평생 쓰는 브랜드란 '시간을 초월하는 실용적 가치'가 필수라는 뜻이다. 일생 범접하기 힘든 상위 1% 브랜드가 아닌, 우리도 돈을 아끼고 모으면 살 수 있고 오래오래 쓸 수 있는 브랜드를 가급적 많이 소개하려다 보니 '메이드 인 핀란드Made in Finland'를 자주 언급할 수밖에 없는 것 같다.

그중 하나가 '아라비아Arabia 1873'이라는 브랜드다. 영화 <카모메 식당Ruokala Lokki>을 보면서 헬싱키Helsinki를 동경하게 된 것처럼 이 테이블웨어 브랜드에 대해서도 호감을 갖게 되었다. 영화 속 군침 도는 오니기리御握り를 담은 청초한 푸른빛 접시가 바로 아라비아 제품이다. '24H AVEC'라는 뜻 그대로 '24시간 함께' 사용할 수 있는 아주 실용적인 그릇이다.

이 책에 등장하는 아라비아 1873의 접시들은 내가 가장 아끼는 것으로 아라비아 탄생 140주년을 기념해 요한나 쿠넬리우스Johanna Kunelius가 특별히 디자인한 한정판이다. 이 브랜드의 전통 색조인 블루와 화이트가 조화된 장식적이면서도 클래식한 패턴들이 눈길을 끈다. 헬싱키 아라비아 팩토리에서 서울까지 공수하느라 낑낑댄 기억만큼 좋아하는 그릇들이다. 할머니가 되면 사랑하는 손주에게 이 예쁜 접시에 제철 딸기를 가득 담아 내어주고 싶다.

Arabia 1873

1873년 탄생한 아라비아는 140년이 넘는 세월 동안 핀란드를 대표하는 이름이기도 하다. 1915년에 첫선을 보인 파라티시Paratiisi 라인 역시 100년이 된 지금까지 인기 있는 디자인이다. 이는 브랜드 철학인 '시대를 초월한 아름다움, 품질, 실용성'을 대변하는 좋은 예다.
www.arabia.fi

아름다운 일상의 마법

이딸라

2013년 늦가을, 헬싱키 출장을 준비하며 호텔 검색을 수십 번 한 것 같다. 사실 '디자인 수도'라는 애칭이 무색하게 디자인을 강조한 호텔이 많지도 않고, 최고급 호텔이라 해도 1박에 30만 원대에 불과한 아주 고마운 이 도시의 숙박요금 수준에서 Small Luxury Hotel(SLH)의 공신력으로 선택한 호텔 헤이븐Haven. 그동안 묵어본 SLH 계열 호텔 중 가장 소박하고 아담한 호텔이 아닌가 싶다. 전통적인 유럽의 가정식 호텔을 연상케 하는 호텔 헤이븐은 실용적인 도시에 걸맞은 스몰 럭셔리라는 생각이 든다. 핀란드식 럭셔리란 평화롭고 여유롭되 자연스러운 것, 지극히 일상적인 것을 의미한다는 걸 첫눈에 깨달았으므로.

꿈에 그리던 헬싱키에서 맞는 첫 번째 아침은 이딸라 타이카Iittala Taika 머그를 꽉 채운 모닝커피와 함께 시작되었다. '영원히 깨어나고 싶지 않은 마법(타이카는 핀란드어로 '마법'을 뜻한다)'이란 이런 것이다. 집 안을 모두 채우고 싶은 이딸라의 식기와 소품이 아주 자연스럽게 일상에서 사용되는 모습이 인상적이면서도 부러웠다. 헤이븐 호텔뿐 아니라 도처의 우아한 레스토랑과 카페에서는 으레 식기로 이딸라를 사용했고, 다양한 색상에 기하학적인 이딸라 꽃병에 꽂힌 소담한 들꽃조차 감각적으로 보였으며, 이딸라 촛대에 불을 밝히면 온 세상이 낭만적으로 느껴졌다. 핀란드의 국민 브랜드 이딸라는 그저 아름다운 제품이 아닌 세대를 이어 누구나 매일 사용할 수 있는 제품을 만들어내는 것이 확고한 철학이라고 한다. 그래서인지 벼룩시장 좌판에도 빈티지 상점에도 저마다의 추억과 역사를 담은 이딸라 빈티지 제품들이 눈에 쉽게 띄고, 오래된 것이라 해도 새것과 가격 차이가 거의 없어 소장가치를 더하는 듯했다. 장에 모셔두고 특별한 날에만 써야 하는 부담스러운 그릇들과 달리 이딸라 제품들은 비교적 합리적인 가격에 세련된 디자인이 더해진 생활 본위의 브랜드라 할 수 있다.

가질수록 욕심이 생기는 이딸라 제품 중 내가 가장 즐겨 쓰는 것은 1952년 핀란드의 대표 디자이너, 카이 프랑크Kai Franck가 디자인한 티마Teema 라인이다. 절제의 정석을 보여주는 군더더기 하나 없는 디자인의 테이블웨어는 색깔별로 구비하면 분위기에 따라 조합해서 사용하기 그만이다. 자꾸만 사고 싶은 이딸라 제품을 기회가 될 때마다 사 모으다 보니 다양한 컬렉션이 찬장에 가득하다. 특히 전설의 알바 알토Alvar Aalto(Alvar Aalto, Pentagon Design, 1936) 컬렉션을 비롯해 보기만 해도 즐겁고 경쾌한 스트라이프 패턴의 오리고Origo(Alfredo Häberli, 1999), 핀란드의 신비한 민속 패턴을 형상화한 타이카Taika(Klaus Haapaniemi, 2006), 사랑스러운 무민Moomin(Tove Slotte, 2010) 컬렉션은 두고두고 사용해도 질리지 않을 제품으로 추천하고 싶다.

Iittala

1881년 핀란드 서부의 이탈라라는 마을에서 유리공장으로 출발했다. 20세기 초 디너웨어의 트렌드를 아름다움과 실용성이 조화된 진보적인 스칸디나비안 디자인으로 주도한 최초의 브랜드로 평가받으며 주목을 받게 되었다. 특히 1930~1940년대의 모더니즘Modernism과 기능주의Functionalism를 이끈 거장 알바 알토, 아이노 알토, 카이 프랑크와 협업해 비약적 성장을 이뤘다. 아름다움과 실용성이 조화된 제품을 세대를 초월해 누구나 매일 사용할 수 있게 만드는 것을 목표로 일상의 필수품을 선보이고 있다.

www.iittala.com

모던 보이의 꿈

아르텍

Artek Pendant Lamp JL341

2년 전 가을, 핀란드 스톡만Stockmann백화점에서 택시를 타고 알바 알토 하우스를 찾아갔다. 유머 감각 넘치는 헬싱키 택시 기사 아저씨의 재미있는 얘기를 들으며 10분쯤 달려 그의 집 앞에 드디어 도착했다. 오후 1시에 시작되는 가이드 투어에 맞춰 20분 정도 앞서 벨을 눌렀는데 인기척이 없어 매우 당황했다. 휴관이라는 어떠한 안내문도 붙어 있지 않아 불안이 엄습했다. 안절부절못했지만 모든 것은 기우였다. 시간이 가까워지자 일본 관광객이 삼삼오오 모여들기 시작했고, 굳게 닫혔던 문이 1시 정각에 활짝 열렸다.

알바 알토 하우스의 가이드는 지적인 외모의 중장년 여자분이었다. 친절한 환영 인사말을 들으며, 17유로의 입장료를 지불하고 꿈에 그리던 알바 알토 하우스에 첫발을 내딛었다. 1898년생인 알바 알토가 1935년 이후 1976년에 생을 마감할 때까지 아틀리에이자 자택으로 사용한 이 근사한 집은 구석구석 시대를 앞서는 창조적 아이디어들의 조화로 완성된 현대건축의 유산 그 자체였다. 지금도 이렇게 감각적인데 건축 당시에 커다란 화제가 되었음은 당연지사다.

알바 알토 하우스를 직접 보고 나니 아르텍Artek의 모든 제품에 더 관심이 갔다. 핀란드의 대표적 가구와 조명 브랜드이자 '북유럽식 모더니즘'의 라이프스타일 아이콘이기도 한 아르텍은 다리가 3개인 작은 의자 '스툴 60Stool 60'으로 잘 알려져 있다. 도처에 이 의자를 닮은 값싼 복제품이 넘쳐나 간과하기 쉽지만, 1933년 알바 알토에 의해 탄생한 스툴 60은 현대 디자인의 역사적 산물로 벌써 82번째 생일을 앞두고 있다. 당시 핀란드 자작나무를 구부려 4개가 아닌 3개의 다리를 부착한 디자인의 의자, 그것도 공간 활용도를 높일 수 있게 쌓아서 보관할 수 있는 가구를 만들어냈다는 것은 '혁명'과도 같았다. 운 좋게도 스툴 60의 탄생 80주년에 맞춰 헬싱키를 방문한 나는 덴마크 패션 디자이너 마스 뇌르가르Mads Nørgaard가 'I like stripes vol.2'라고 명명한 해리스 트위드Harris Tweed 라이크 패턴을 각인한 스툴 60 스페셜 에디션을 갖게 되었다.

'One Chair is Enough 의자 하나로 충분하다.'

이 앙증맞고 튼튼한 의자의 견고한 메시지는 100년 후에도 변함없이 전 세계 사람들에게 큰 울림을 줄 것이 분명하다.

Artek

1935년 핀란드의 알바 알토Alvar Aalto와 부인 아이노 알토Aino Aalto, 그리고 스웨덴의 마이레 굴리흐센Maire Gullichsen, 닐스 구스타프 할Nils-Gustav Hahl이 설립한 핀란드 디자인과 건축의 대표 브랜드. 알바 알토가 디자인한 스툴60Stool 60, 파이미오 체어Paimio Chair 등은 모던 디자인의 걸작으로 평가받고 있으며, 이 대표적 작품들을 통해 핀란드 자작나무의 우수성이 전 세계에 알려졌다. 시대를 뛰어넘은 세련된 디자인과 견고함을 지닌 아름다운 가구와 조명 제품을 선보이고 있다. 2013년 9월, 스위스 가구회사 비트라Vitra에 인수합병 되었다.
www.artek.fi

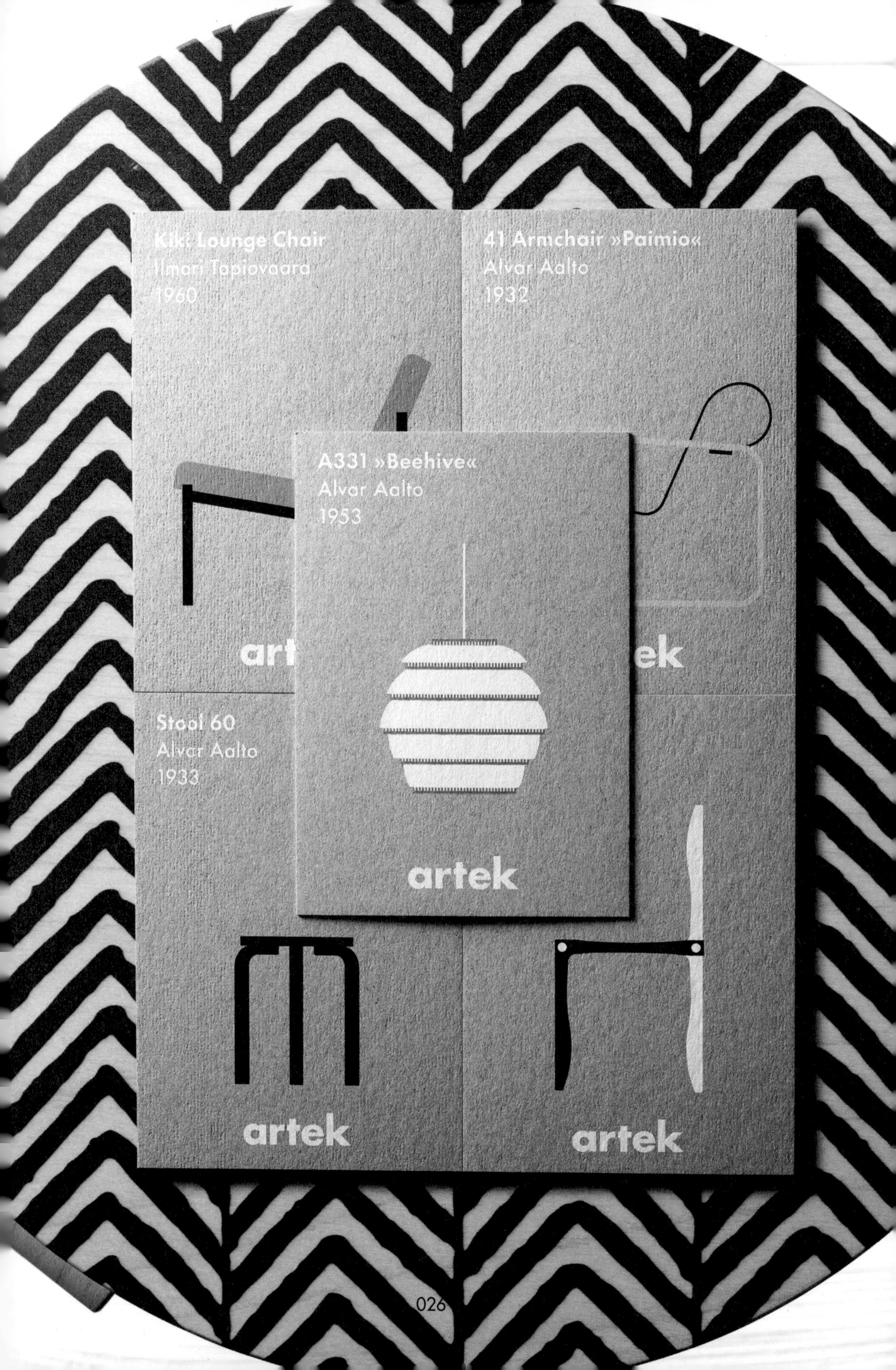
Kiki Lounge Chair
Ilmari Tapiovaara
1960
41 Armchair »Paimio«
Alvar Aalto
1932
A331 »Beehive«
Alvar Aalto
1953
artek
Stool 60
Alvar Aalto
1933
artek
artek

모자라거나 넘침 없이 충분한!

무인양품

내가 생각하는 멋쟁이의 법칙은 로고가 돋보이는 옷이나 액세서리를 착용하지 않으며, 바람에 옷깃이 들춰질 때 목덜미의 레이블이 우연히 드러나는 것이다. 한때 로고 플레이가 전 세계 하이패션High Fashion을 주도한 적도 있었지만 진정한 멋이란 역시 '절제節制'에서 완성된다고 믿는다.

이런 의미에서 '무인양품Muji'이야말로 최고의 멋쟁이 브랜드다. 일본을 대표하는 그래픽 디자이너 하라 켄야Hara Kenya의 디렉팅으로 그의 디자인 철학인 '공空' 개념을 수천 종류의 라이프스타일 제품을 통해 선보이고 있다. '비어 있다'는 것은 다시 말해 '가득 차 있다'는 뜻이라는 걸 하라 켄야는 무인양품으로 설명하고 있다. 특별한 디자인은 아니지만 정말 필요한 디자인, 어느 공간에서나 빛이 나고 절도 있는 디자인의 제품이야말로 무인양품이 독보적인 브랜드로 평가받는 이유인 듯하다.

서울에서도 일본에서도 무인양품에 들를 때마다 '아, 정말 이렇게 살고 싶다'는 맘이 절로 든다. 모자라지도 넘치지도 않고 '충분하다'는 생각을 갖게 하는 제품들은 누구에게 보여주기 위한 것이 아닌 진정 나를 위해 구입하는 것들이다.

현대 디자인 역사에서 끊임없이 거론되는 후카사와 나오토Fukasawa Naoto의 CD 플레이어는 10만 원대의 착한 가격에 구입해 거의 10년째 매일 나에게 감미로운 음악을 선사하고 있다. 환풍기 모양의 이 CD 플레이어는 이제 시대의 변화에 맞춰 블루투스 스피커로 변신했지만, 나는 역시나 오리지널 디자인을 사랑한다. CD 디자인에 따라 마치 다양한 그림의 액자 같은 느낌을 주는 이 제품은 여전히 신선하고 고장도 없다.

지극히 내 취향의 백색 욕실용품을 비롯해 담백한 백자 그릇, 재생 용지로 만든 소박하고 세련된 문구류 그리고 고품질 소재로 만든 정숙한 의류와 침구류 등 뭐 하나 흠잡을 것 없는 무인양품은 무한 매력 그 자체다. 이 '지속 가능한 디자인' 제품은 저렴한 가격에도 평생 사용할 수 있는 진정 아름다운 것들이기에 더욱 애착이 간다. 기회가 된다면 언젠가 언덕 위의 하얀 집, 무인양품 주택에 꼭 살아보고 싶다.

Muji

1980년 일본에서 탄생한 무인양품은 소재, 생산 과정, 포장의 단순화를 기본으로 간결한 디자인과 합리적인 가격이 조화된 제품을 선보이고 있다. 특히 '이래서 좋다'라는 이성적 만족감을 선사하는 것을 목표로 의류, 액세서리, 가구, 패브릭, 가정용품, 문구류, 식품까지 소비자의 실생활에 필요한 다양한 라이프스타일 제품을 소개하는 '노 브랜드 굿즈No Brand Goods' 콘셉트의 브랜드다.
www.mujikorea.net

2
3
A
4

마음을 전하는 알파벳

디자인 레터스

2003년 가을 무렵, 뱅앤올룹슨Bang & Olufsen의 초청으로 덴마크 출장을 가게 되었다. 가는 곳마다 눈이 휘둥그레지는 '디자인의, 디자인에 의한, 디자인을 위한' 나라에서 1주일을 보내는 동안 북유럽의 대표적 건축가이자 가구 디자이너 '아르네 야콥센Arne Jacobsen'에게 푹 빠져버렸다. 이 때문에 타셴Taschen에서 출간한 《스칸디나비안 디자인Scandinavian Design》이란 하드커버 책을 사서 탐독하게 되었고 10년 넘도록 '북유럽'의 매력에 흠뻑 취해 있다. 물론 지금 우리 집과 사무실은 시리즈 7Series 7, 앤트 체어Ant Chair, 스완 체어Swan Chair 등 아르네 야콥센의 걸작 디자인 가구들로 채워져 있다.

2009년 메테 톰센Mette Thomsen이 탄생시킨 덴마크의 신생 디자인 브랜드 '디자인 레터스'를 주목하게 된 이유 역시 분명하다. 2011년부터 '거장' 고유의 글자 디자인, 즉 타이포그래피를 활용한 '아르네 야콥센 빈티지 ABC' 컬렉션을 선보이고 있기 때문이다. 군더더기 없이 깔끔하면서도 절도 있는 이 유려한 서체가 알파벳 또는 숫자로 새겨진 컵과 그릇들은 부엌에서 식기로 사용할 수도 있고, 벽에 걸거나 세워 사용자가 원하는 대로 조합하여 각별한 메시지를 전달할 수도 있다. 이 책 《Kollection》의 표지처럼 말이다.

Design Letters

2009년 메테 톰센이 탄생시킨 덴마크의 신생 디자인 브랜드. 1937년 아르네 야콥센이 덴마크 오르후스Århus라는 도시의 시청사 내부 인테리어를 위해 자와 컴퍼스만을 사용해 디자인한 특별한 타이포그래피를 일상용품에 적용해 감각적인 티타월, 컵, 그릇 등을 소개하고 있다.
www.designletters.dk

ARNE JACOBSEN

실용적인, 그러나 화보 같은 일상

로젠달 코펜하겐

20~30대에는 뉴욕, 파리, 밀라노가 세상에서 가장 멋진 도시라고 생각했는데 요즘은 코펜하겐Copenhagen이라는 이름만 들어도 설레고 흥분된다. 이제 꿈보단 현실적인 인생을 살아야 할 40대이다 보니 '동경'에 그치기보다는 실생활에 접목할 수 있는 것들에 마음이 간다.

디자인의 도시 코펜하겐의 라이프스타일 브랜드 '로젠달Rosendahl'은 이러한 나의 취향을 완벽하게 채워주는 제품을 선보이고 있다. 특별한 날을 위한 것들이 아닌 매일을 화보처럼 만드는 일상용품을 소개하는 것이다. 식욕을 돋우는 고감도 부엌용품은 물론이고 눈이 즐거운 장식용품으로 가득하다.

특히 덴마크를 대표하는 세계적인 건축가이자 디자이너, 아르네 야콥센 워치 컬렉션은 평생 아끼고 사랑하고 싶은 물건이다. 그의 유명한 월클락Wall Clock 컬렉션 중 우리 집 시간을 알려주는 것은 'Arne Jacobsen Wall Clock'이다. 원래는 1941년 전기 회사 LK를 위해 디자인된 '정류장용 시계Station Clock'였다는데, 블랙 앤 화이트 컬러와 숫자만으로 이렇게 정제되고 단순 무결한 디자인을 완성했다니 감탄만 나올 뿐이다.

Rosendahl Copenhagen

1984년 탄생한 덴마크의 디자인 생활용품 브랜드. 일상을 아름답게 만드는 디자인과 실용성, 합리적 가격을 갖춘 부엌용품과 장식용품을 선보이고 있다. 아르네 야콥센 같은 세계적 디자이너들의 제품을 소개함으로써 스칸디나비안 디자인의 우수성을 전 세계에 알리고 있다.
www.rosendahl.com

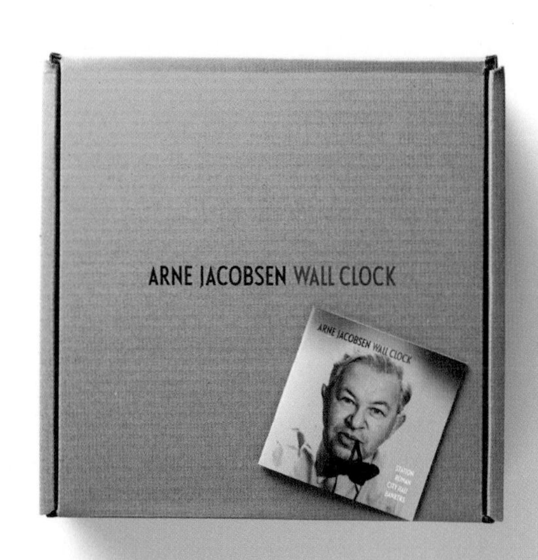

Artemide

1960년 이탈리아 밀라노에서 에르네스토 기스몬디Ernesto Gismondi와 세르조 마차 Sergio Mazza가 설립한 조명 브랜드. 마리오 보타Mario Botta, 노먼 포스터Norman Foster, 엔초 마리Enzo Mari, 카림 라시드Karim Rashid 등 세계적인 건축가와 디자이너의 특별한 디자인과 새로운 기술이 접목된 다양한 조명 제품을 소개하고 있다. 특히 1986년 미켈레 데 루키와 잔카를로 파시나가 탄생시킨 톨로메오는 현대 조명의 아이콘 디자인으로 1989년 이탈리아 최고 권위의 디자인상 황금 콤파소 상Compasso d'oro을 수상하기도 했다.

www.artemide.com

빛을 디자인하다

아르테미데

디자인에 관심 없는 사람들은 우리 집 가구와 소품을 보고 어느 카페에 있는 그것과 같은 제품 아니냐고 묻기도 한다. 모조품이 많다는 것은 좋게 해석하면 그만큼 인기가 높다는 뜻 아닐까. 아르테미데Artemide 역시 '가짜' 덕에 사람들에게 익숙한 브랜드일 수 있다.

예술성이 뛰어난 잉고 마우러Ingo Maurer의 조명도, 아름답고 실용적인 폴 헤닝센 Poul Henningsen의 조명도 좋아하지만, 하나만 고르라면 난 주저 없이 아르테미데를 선택할 것이다. 맛있는 밥상을 위해서 식탁을 비추는 톨로메오 메가테라Tolomeo Megaterra, 책상을 위해서는 톨로메오 마이크로Tolomeo Micro가 제격이다.

1986년 미켈레 데 루키Michele de Lucchi와 잔카를로 파시나Giancarlo Fassina에 의해 탄생한 이래 이탈리아 현대 디자인의 아이콘으로 자리 잡은 톨로메오 시리즈는 특유의 간결하면서도 구조적인, 더욱이 지적인 디자인은 아르테미데의 철학인 '균형 잡힌 디자인과 실용적 기능'의 결정체라고 해도 과언이 아닐 듯하다. 몇 년 전, 국내 하이엔드high-end 리빙을 선도하고 있는 인피니Infini가 론칭한 비앤비 이탈리아B&B Italia의 아시아 최대 쇼룸 오프닝 행사를 준비하면서 새롭게 알게 된 사실이 있다. 조명을 생산하지 않는 현존하는 최고의 프리미엄 가구 브랜드의 놀랍도록 준수한 가구들은 오직 아르테미데 톨로메오 시리즈와만 연출한다는 것이다. 톨로메오가 더없이 '수려秀麗'하다는 뜻인 듯하다.

정리의 기술

비슬리

영국 태생의 수납장 브랜드 비슬리Bisley의 브랜드 카피는 'Perfectly Organized'다. '완벽한 정리'를 위한 서랍장이지만 이런 멋진 제품은 정리벽 부족한 나에게도 꼭 필요한 제품이다. 레고 블록만큼이나 알록달록 다양한 컬러 중에서 나는 당연히 초록색 비슬리를 선택했다.

디자인의 핵심은 흠잡을 데 없는 간결함이 아닐까? 사무실이든 집이든 비슬리가 놓이면 그 공간은 지적인 아름다움을 갖게 된다는 것이 나의 생각이다.

Bisley

1931년 프레디 브라운Freddy Brown이 '멀티드로 캐비닛The Multidrawer Cabinet'을 선보인 이후 비슬리는 영국을 대표하는 사무용 가구 브랜드로 성장할 만큼 큰 사랑을 받고 있다.
www.bisley.com

2008
TASCHEN
With English Text

가구의 본질을 말하다

리퍼블릭 오브 프리츠 한센

에디터 시절, 가장 기억에 남는 출장 중 하나는 덴마크의 뱅앤올룹슨 본사를 방문한 것이다. 12년 전쯤, 일주일이나 되는 제법 긴 기간 동안 코펜하겐도 아닌 작은 시골 마을 스트루에르Struer에 자리한 본사와 R&D센터에서 경이로운 디자인과 성능이 조화된 뱅앤올룹슨 제품을 보고 배우고 느끼는 시간을 갖게 되었다. 이로 인해 뱅앤올룹슨이란 브랜드를 선호하는 것은 물론 그 소중한 시간과 경험을 통해 '디자인에 대한 사랑'이 본격적으로 싹트기 시작했다.

뱅앤올룹슨 본사는 온통 북유럽 디자인 가구들과 소품들로 꾸며져 있었고, 특히 거의 모든 의자가 리퍼블릭 오브 프리츠 한센Republic of Fritz Hansen 제품이었던 것이 인상적이었다. 이는 아르네 야콥센 디자인을 매일 직접 접할 수 있었던 감동의 시간이기도 했다. 코펜하겐으로 이동하여 베르네르 판톤Verner Panton 전시회도 관람하고 디자인 뮤지엄도 들르면서 나의 스칸디나비안 디자인에 대한 관심은 커져만 갔다. 그 후 본격적으로 구입하기 시작한 관련 서적들과 소품으로 내 마음과 공간이 풍요롭게 채워져가고 있다. 리퍼블릭 오브 프리츠 한센의 의자와 소품은 나의 일상에 소소한 행복을 선사한다. 물론 이케아Ikea처럼 저렴한 가격은 아니지만, 큰마음 먹고 사도 후회 없을 디자인, 기능, 품질 만족도가 높은 브랜드라고 생각한다. 보기에만 좋은 가구가 아니라 실용적이고 튼튼하며 아름다운 가구이기에 평생을 사용한다는 마음으로 기꺼이 투자할 수 있었다.

아르네 야콥센의 앤트 체어Ant Chair, 일명 '개미 의자'는 곡선을 통한 아름다움을 강조한 디자인으로 시리즈 7Series 7체어와 더불어 우리 집 식탁과 서재에서 매일 함께하고 있다. 1971년 디자인이라는 것이 믿기지 않는 시즈 베르네르Sidse Werner의 상큼한 무지개색 옷걸이 '코트 트리Coat Tree', 그리고 2013년 하이메 야욘Jamie Hayon이 디자인한 라운지 체어 '로Ro'는 앞으로 몇십 년 우리 가족과 함께할 미래의 빈티지 가구 리스트이기도 하다.

Republic of Fritz Hansen

1872년 덴마크 코펜하겐에서 탄생한 이래 20세기 중반 이후 유명 디자이너들과 협업해 아름다운 디자인과 기능이 조화된 우수한 품질의 가구 브랜드로 명성을 쌓고 있다. 1934년, 아르네 야콥센 디자인을 시작으로 덴마크 가구의 아이콘과도 같은 앤트 체어를 비롯한 시리즈 세븐, 에그 체어, 스완 체어로 현대 가구 디자인 역사를 장식하고 있다.
www.fritzhansen.com

Tivoli Audio
MODEL ONE

아날로그의 추억

티볼리 오디오

1970년대 초반에 태어난 나의 소녀 시절은 황인용의 '영 팝스', 배철수의 '음악캠프', 이문세의 '별이 빛나는 밤에'와 늘 함께였다. 지금은 박물관에 전시될 기억 저편의 물건이 되었지만, '워크맨walkman'을 귀에 꽂고 독서실에서 교과서 대신 팝송과 가요를 섭렵하며 수많은 시간을 보냈었다. 에디터로서 브랜드 스페셜리스트로 일할 때도 마찬가지다. 창조적 작업에 영감을 준 것은 물론 시공간을 완성하는 데 멋진 음악이 빠질 수 없었다. 스튜디오에서 진행되는 잡지나 광고 촬영에는 각 포토그래퍼의 취향을 반영하는 근사한 플레이리스트playlist가 있기 마련이고, 해 질 무렵 빌리 홀리데이Billie Holiday, 다이애나 크롤Diana Krall의 끈적끈적한 재즈를 들으며 작업하는 날은 야근의 피로를 잊을 수 있는 낭만 가득한 시간이었다. 지금 이 순간도 음악을 들으며 글을 쓰고 있는 것은 물론이고, 음악이 없는 인생은 단 하루도 상상해본 적이 없다.

세상엔 비싸고 좋은 오디오가 많지만 비주얼을 중시하는 나의 타고난 취향과 직업 특성상 사무실에서 사용하기 제일 좋은 브랜드로 낙점한 것은 티볼리Tivoli다. 내 방에는 무인양품 CD 플레이어와 보스Bose 블루투스 스피커, 티볼리 오디오 1Model One Table Radio가 사이좋게 자리 잡고 있다. 자연미가 느껴지는 원목 소재에 아주 심플한 조작 버튼만 달린 아날로그 디자인이 마음에 쏙 드는 라디오 모델, 티볼리 오디오 1으로 FM 라디오 방송을 들은 지 벌써 8년째다. 잔고장도 없이 채널이 잘 잡히고 풍부한 음색을 들려준다. 오디오계의 에디슨 '헨리 클로스Henry Kloss'의 노하우와 튜너 기술이 집약된 마지막 작품이라는 점도 소장가치를 더한다. 라디오 방송이 존재하는 마지막 그날까지 함께할 제품이다.

Tivoli Audio

오디오계의 '에디슨'이라고 불리는 디자이너이자 발명가인 헨리 클로스가 몇십 년의 연구를 거쳐 탄생시킨 오디오 브랜드. 2000년 미국 보스턴에서 톰 디베스토Tom DeVesto와 공동 창립한 티볼리 오디오는 단순한 구조와 우수한 음색, 유려한 디자인으로 호평을 얻고 있다. 특히 세계 최초로 어쿠스틱 서스펜션 스피커 'AR~1'을 개발한 헨리 클로스의 유작이기도 한 모델 원 테이블 라디오를 비롯한 다양한 타입의 오디오 시스템을 선보이고 있다.
www.tivoliaudio.com

알레시

못도 미운 것은 싫다. 용도에만 충실한 제품에 만족할 수 없다. 같은 돈을 들여도 이왕이면 가장 예쁜 것을 갖고 싶다. 알레시Alessi에 들어서면 물욕이 솟구친다. 빙그레 미소 짓게 하는 유머 가득한 디자인은 물론이고 감탄사가 나오는 재치와 아이디어가 담긴 기발한 제품으로 가득하다.

필립 스탁Philippe Starck의 주시 살리프Juicy Salif를 보자마자 너무 갖고 싶었다. 부엌에 두면 마냥 근사할 것 같았다. 이 미래적인 과즙기로 레몬 주스를 만드는 상상을 수없이 했고, 1999년 밀라노 출장길에 드디어 주시 살리프를 샀다.

일부에서는 그를 지극히 상업적인 마케터로 폄하하기도 하지만 필립 스탁만의 재기 발랄하고 기발한 감각을 넘어설 수 있는 비교 대상이 얼마나 있을까? 주시 살리프로 굳이 레몬을 짜낼 필요는 없다. 그냥 주방 어딘가에 놓아두기만 해도 뿌듯함, 그 자체이기 때문이다.

'안나Anna G'와 '산드로Sandro M'도 마찬가지다. 와인 병따개지만 장식품으로도 활용할 수 있어 일석이조다. 알레산드로 멘디니Alessandro Mendini가 디자인한 세상에서 제일 깜찍한 커플 와인 병따개는 스페셜 에디션을 지속적으로 선보이며 겨우 잠재운 수집욕을 자극한다.

'꿈의 공장'이라는 애칭이 정말 잘 어울리는 브랜드다. 그렇다. 소유 자체가 즐거움이 되는 것, 바로 좋은 디자인을 가진 브랜드의 부가가치인 것이다.

Alessi

1921년 설립된 이탈리아의 주방, 생활용품 브랜드. 금속 장인이었던 조반니 알레시Giovanni Alessi에 의해 탄생한 이래 세계적인 디자이너들과 협업해 '이탤리언 아트와 함께하는 일상Italian Art Everyday'이라는 브랜드 철학을 실현하고 있다. 대량 생산되는 합리적인 가격의 소비재를 감성이 담긴 예술 작품으로 격상시켰으며, 필립 스탁, 알레산드로 멘디니, 마이클 그레이브스Michael Graves 등 최고 거장들의 디자인에 실용성을 가미한 다양한 제품을 선보여 사랑받고 있다. 알레시의 대표 제품인 필립 스탁 디자인의 주시 살리프는 과즙기인데도 인테리어 소품으로 더 많이 활용되고 있다.
www.alessi.com

물 한 잔도 그림같이 마시는 방법

스텔톤

북유럽 제품에 애착을 갖는 이유는 멋진 디자인 때문만이 아니다. 뛰어난 기능에 아름다운 디자인을 입히는 실용성 본위의 제품력을 예찬하지 않을 수 없다. 스텔톤 저그Stelton Jug도 마찬가지다. 취향대로 고를 수 있는 무지갯빛 컬러(골드와 실버 같은 메탈 컬렉션까지 출시되었다)는 물론 60℃의 물은 10시간, 40℃의 물은 24시간 보온이 가능한 진공 보온병 본래 기능이 매우 뛰어난 제품이기 때문이다. 매끈한 플라스틱 병 안에 숨겨진 견고한 스테인리스스틸 병stainless-steel-bottle이 저그의 비밀이다. 1977년에 첫선을 보인 이후 세계적인 디자인상을 수상하며 40여 년 동안 변함없이 사랑받고 있는 보온병의 지존이다. 또 주전자, 포크, 나이프, 그릇 등 다양한 스테인리스스틸 제품을 소개하고 있는 스텔톤은 시대를 초월한 디자인으로 '가사의 기쁨'을 선사하는 고혹적인 브랜드다.

Stelton

1960년에 설립한 덴마크의 대표적 키친 웨어 브랜드. 20세기 대표 디자이너 아르네 야콥센, 에리크 마그누센Erik Magnussen 등이 디자인한 스테인리스스틸 제품을 선보이고 있다. 1967년 아르네 야콥센이 디자인한 실린더 라인Cylinder Line을 소개하면서 대성공을 거두었고, 1977년 에리크 마그누센이 디자인한 스텔톤 진공 보온병Stelton Vacuum Jug이 상징적 제품으로 잘 알려져 있다.
www.stelton.com

의자의 품격

칼 한센 앤 선

어느 날 빈티지의 매력에 눈뜨면서 처음 구입한 것은 한스 웨그너Hans J. Wegner의 의자였다. 나무와 가죽이 정갈하게 조화된 1960년대의 빈티지 체어는 단순한 듯하지만 유기적인 디자인으로 인해 세월이 갈수록 깊은 정이 든다.

20세기를 대표하는 디자인의 거장, 한스 웨그너의 걸작들만 엄선해 소개하고 있는 칼 한센 앤 선Carl Hansen & Son 역시 평생 함께할 브랜드다. 100여 년 동안 장인 정신에 입각해 선보인 가구들은 대를 물려 사용하는 것이 당연할 만큼 강하고 우수한 품질을 자랑한다.

일명 'Y 체어'로 불리는 위시본 체어Wishbone Chair 'CH 24'는 오랫동안 나의 위시 리스트에 올라 있었다. 30대에는 비트라Vitra의 개성 강한 가구를 좋아하다가 어느 날 문득 칼 한센 앤 선의 담백한 디자인 가구들에 푹 빠지게 되었다. 'CH 24'는 우리 집 식탁 의자로, 사무실 회의용 의자로 잘 사용하고 있는데, 쓰면 쓸수록 잘 배운 '선비' 같은 느낌이 든다. 1m가 넘는 종이 끈을 100단계의 공정을 거쳐 수공으로 꼬아 만드는 이 의자는 50년 이상의 수명을 자랑한다고 한다.

셸Shell 체어로 알려진 'CH 70'은 한스 웨그너 특유의 조각적 아름다움을 대표하는 의자다. 백조의 날개 같은 아름다운 좌석을 3개의 아치형 다리가 받치고 있다.

2013년에는 현존하는 최고의 건축가 안도 다다오Ando Tadao의 '드림 체어Dream Chair TA001'을 출시했다. 이는 한 장의 성형 합판만 사용하여 유기적 디자인을 완성한 덴마크 장인 정신의 개가인 듯하다. 지극히 사적인 생각이지만, 안도 다다오의 드림 체어는 덴마크 디자인, 특히 'CH 24' 체어를 지독하게 좋아하는 일본인들을 위한 칼 한센 앤 선의 우정 어린 선물이 아닐까?

Carl Hansen & Son

1908년, 덴마크 오덴세Odense의 맞춤 제작 가구 공방으로 시작한 칼 한센 앤 선은 높은 품질의 수공 가구로 명성을 얻었다. 장인 정신에 입각한 유려한 디자인과 실용성이 조화된 스칸디나비안 디자인의 대표 브랜드다. 프리츠 헤닝센Frits Henningsen, 한스 웨그너 등 덴마크의 거장 디자이너들과 지속적인 협업으로 세계적인 가구 브랜드의 입지를 구축하고 있다.

www.carlhansen.com

수납의 정석

USM

북유럽 빈티지 가구를 몇 점 사서 집 안을 채우다가, 아예 내 가구를 빈티지로 만들어 대물림해야겠다고 생각했다. 부모님이 물려준 것이 아니라 내가 직접 번 돈으로 구입해 10년 넘게 사용한 프리츠 한센, 비트라, 카르텔Kartell 가구들이 제법 있으니 이것들이 곧 빈티지가 되는 날이 올 것이다. 개인적으로 선호하는 이른바 디자인 가구 레이블들은 소재의 다양성을 자랑한다. 나무뿐 아니라 플라스틱, 패브릭, 스틸 소재 가구도 멋스럽다.

극도로 절제된 디자인과 견고함을 자랑하는 스위스제 모듈러 퍼니처 USM은 '기능은 형태를 따른다 Form follows function'라는 브랜드 콘셉트 그대로 보기에도 좋고 수납성이 뛰어나며, 무엇보다 맞춤 스타일링이 가능한 것이 장점이다. 우리 집 거실의 미적 공간 분할을 위해 초록색 USM 장식장을 선택했다. USM은 가구 뒷면이 완벽하게 마감 처리되어 어떤 곳에서나 아주 멋스러운 파티션으로도 사용할 수 있다. 가격이 만만치 않지만 녹슬거나 망가질 이유가 없는 이 강단 있는 브랜드는 우리 집을 평생 지킬 것으로 확신한다.

USM

1965년 스위스에서 엔지니어인 파울 샤에러Paul Schaerer와 건축가 프리츠 할러Fritz Haller에 의해 탄생한 세계 최초의 모듈러 퍼니처 브랜드. USM은 조인트Joint, 스틸 프레임Steel Frame과 패널Panels의 3가지 요소로 비례미, 실용성, 견고함을 갖춘 책장과 서랍장은 물론 오피스 가구까지 사용자의 필요에 따른 가구 제작이 가능하다. 지난 2001년 뉴욕 모마MoMA(Museum of Modern Art)의 디자인 영구 소장 컬렉션으로 채택된 모던 디자인의 아이콘이기도 하다.

www.usm.com

바른 자세를 위한 의자

바리에르

우리나라처럼 어린 학생들이 책상 앞에 많이 앉아 있는 나라도 드물 것이다. 딸아이가 '공부'를 시작하면서 브랜드 인지도가 가장 높은 '듀오백Duoback' 의자를 구입했다. 내가 학생 때부터 그 이름을 알고 있었으니 적어도 20년 이상은 된 브랜드가 아닐까 싶다. 아이 방에 어울리는 연두색 의자를 여섯 살 때부터 5년쯤 사용했다. 하지만 생각만큼 바른 자세로 의자를 사용하지 않아 늘 주의를 주었지만 철부지 딸은 나이가 들수록 엄마 마음과 달리 구부정하게 앉아 공부를 해 마음이 좋지 않았다.

어느 날 우연히 백화점에서 신기한 모양의 의자를 발견했다. 노르웨이 의자 브랜드 바리에르Varier의 '배리어블 밸런스Variable Balance'가 바로 그것. 이는 '무릎으로 앉는' 신개념 의자로, 의자에 경사가 있어 무릎보다 정강이에 힘이 들어가면서 승마 자세처럼 허리가 꼿꼿이 펴지는 것을 앉자마자 느낄 수 있었다. 일견 '흔들의자'를 연상케 하는 배리어블 밸런스는 단단해 보이면서도 미려한 북유럽 특유의 디자인이 특징이다.

실제로 바리에르의 대표 제품들은 노르웨이 디자이너 페테르 옵스비크Peter Opsvik의 작품이다. 특히 바리에르의 상징과도 같은 '배리어블 밸런스'는 페테르 옵스비크가 빛을 보게 한 닐링 체어Kneeling Chair의 효시다. 1976년 덴마크 의사 만달Dr. Mandal은 해부학적 연구 결과로 허리에 부담을 주는 직각 의자가 아닌 마치 승마 자세처럼 자세를 바르게 잡아주는 15도 기울기 의자의 필요성을 발표했지만 학계의 심한 비판으로 개발 의지를 접고 당시 노르웨이 최고의 디자이너인 페테르 옵스비크에게 이 디자인을 전수했다고 한다.

이제, 딸아이의 방은 마리메꼬Marimekko의 초록색 우니꼬 액자와 선명한 초록색 배리어블 밸런스가 너무 잘 어울릴 뿐만 아니라 그 의자에 앉아 있는 딸아이의 쭉 펴진 허리를 보면 안심되고 뿌듯하다. 나 역시 이 글을 쓰는 내내 그 위에 앉아 있는데 장시간 사용해도 편안하고 '스트레칭 효과'가 있어 피곤해도 글 쓸 맛이 난다.

Varier

1932년 노르웨이에서 게로그 스토케Georg Stokke가 설립한 바리에르는 무릎으로 지지하여 몸의 중심을 잡아주는 닐링 체어의 대표 가구 브랜드. 유모차로 유명한 스토케의 계열사이며 1979년 페테르 옵스비크가 디자인한 배리어블 밸런스, 그래비티 체어Gravity Balans 등 다양한 인체공학적 의자들은 전 세계 40여 개국에서 판매하고 있다.
www.varierfurniture.com

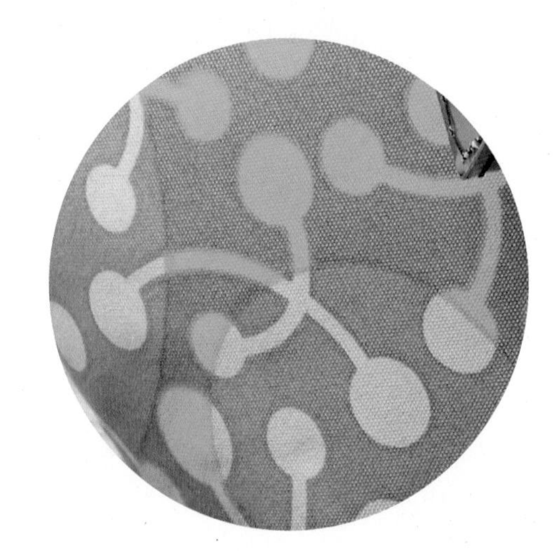

일상에 생기를 불어넣는 경이로운 패턴 플레이

마리메꼬

자유분방하면서 강렬한 인상을 주는 우니꼬Unikko 패턴을 처음 본 것은 미국의 라이프스타일 브랜드 크레이트 앤 배럴Crate & Barrel에서였다. 한참 뒤 이 범상치 않은 '꽃무늬'가 1949년 탄생한 핀란드 브랜드 마리메꼬Marimekko의 시그너처Signature 컬렉션이라는 것을 알게 되었고, 그 후 북유럽 디자인에 매료되면서 마리메꼬를 사랑하지 않을 수 없었다. 외국에 갈 때마다 마리메꼬가 눈에 띄면 작은 소품을 하나씩 사 모았다. 지금은 서울 코엑스몰에 플래그십 스토어flagship store가 있지만 몇 년 전만 해도 마니아가 아니면 잘 알 수 없는 신사동 골목 안에 매장이 있었다.

처음에 구입한 것도 1964년 마이야 이솔라Maija Isola가 양귀비꽃에서 영감을 받아 만들었다는 우니꼬였다. 내가 가장 좋아하는 색깔인 선명한 초록색을 비롯해 블랙 앤 화이트는 물론 색상별로 우니꼬를 사 모았다.

쿠션, 침구 등 패브릭뿐 아니라 마리메꼬의 또 다른 매력은 테이블웨어라고 생각한다. 헬싱키의 소박한 식탁은 물론 최신 레스토랑에서도 마리메꼬를 사용하는 것은 아주 흔한 일이다. 특히 지극히 자연적이고 어찌 보면 투박한 핀란드 음식을 트렌디한 비주얼로 변화시키는 일등 공신은 마리메꼬일지도 모른다. 시즌별로 선보이는 상상력 가득한 패턴 디자인과 다양한 색상의 테이블웨어는 더할 나위 없이 실용적이며 가격마저 합리적이어서 구매욕을 자극한다.

하루를 여는 아침, 마리메꼬 머그컵에 진한 룽고Lungo를 가득 담아 마시며 이메일을 체크하는 시간은 나에게 더없이 소중하다. 매일 마리메꼬가 나에게 선물하는 디자인 테라피 시간이다.

또 마리메꼬는 손쉽게 집 안을 장식하는 오브제가 될 수 있다. 마음에 드는 패브릭을 골라 패널로 만들면 어느 유명 아티스트의 것이 부럽지 않은 근사한 마리메꼬 작품으로 집 안 구석구석을 꾸밀 수 있다. 딸아이 방에는 한 벽면을 가득 채운 초록색 우니꼬가 책상 앞에 걸려 있는데 '싱그러운 초록'이 선사하는 시각적 힐링 효과는 기대 이상이다.

2014년에 탄생 50주년을 맞이한 우니꼬, 세월이 무색할 만큼 독창적인 이 패턴은 마리메꼬라는 핀란드 국민 브랜드의 힘을 상징하는 듯하다.

Marimekko

1949년 빌리오Vilio와 아르미 라티아Armi Ratia가 설립한 핀란드의 패브릭 의류 디자인 회사다. 아름다운 패턴과 색상으로 유행을 타지 않는 독창성을 지니고 있다. 실용적이며 개성 있는 옷, 가방, 액세서리, 식탁용품 등 인테리어와 리빙 소품을 선보인다. 양귀비꽃을 묘사한 우니꼬는 이 브랜드의 상징으로 2014년 탄생 50주년을 맞았다.
www.marimekko.kr

유빈의 꿈은 무지개색으로 빛난다

파버 카스텔

요즘 '일러스트레이터'를 꿈꾸고 있는 초등학교 5학년 딸아이가 제일 아끼는 물건은 파버 카스텔Faber-Castell 연필이다. 교보문고에서나 SSG 마켓에서 파버 카스텔 색연필, 사인펜만 보면 눈독을 들이는 우리 딸에게 물었다. 수많은 브랜드 중에 왜 파버 카스텔이냐고. 답변은 단순하지만 명쾌했다. 색감이 아주 좋다는 것!

초등학생 때 아빠가 출장 선물로 사다 주신 귀한 색연필은 이제 쉽게 구할 수 있는 물건이 되었고, 내가 아끼는 만큼 딸아이도 그 색연필을 아끼고 좋아하는 것이 신기하기도 하고 기쁘기도 하다. 좋은 브랜드는 역시 아이들도 알아보나 보다.

1761년, 독일 뉘른베르크 스타인Nürnberg Stein에서 카스파르 파버Kaspar Faber(1730~1784)가 세운 작은 연필 공장에서 시작된 파버 카스텔의 역사는 현재 8대에 걸쳐 250여 년에 이르고 있다. 아이들은 물론 전문가를 위한 연필, 색연필, 파스텔, 물감, 볼펜 등 다양한 제품을 선보이고 있다. 반 고흐, 괴테, 헤르만 헤세 등 전설적인 예술가들이 애용한 필기구로 명성을 이어가고 있으며, 18cm 육각형 연필의 효시가 된 브랜드 역시 파버 카스텔이라고 한다.

Faber-Castell

1761년 캐비닛 제조업자였던 독일의 카스파르 파버가 연필을 제조하여 뉘른베르크에서 판매하면서 역사가 시작되었다. 당시 그의 아들 안톤 빌헬름 파버Anton Wilhelm Faber의 이름을 따서 회사 이름을 'A. W. Faber'로 했다. 이후 창립자의 4대손인 로타르 폰 파버Lothar von Faber는 세계 최초로 육각형 연필을 개발했으며, 또한 최초로 연필에 브랜드의 개념을 도입했다.

www.faber-castell.com

FABER-CASTELL
since 1761
Für farbkräftiges und brillantes Malen
For colouring in strong and brilliant colours
Pour une peinture dense et brillante
Per dipingere a colori forti e brillanti
Para pintar con colores intensos y brillantes
Classic Colour Pencils
CLASSIC COLOUR
FABER-CASTELL

자작나무 숲 속 꼬마 트롤

무민

영화 <카모메 식당Ruokala Lokki>의 사치에처럼 아카데미아 서점 Akateeminen Kirjakauppa에서 하루를 즐기고 싶었다. 마리메꼬, 이딸라, 아라비아, 알바 알토, 이바나 헬싱키Ivana Helsinki 등 핀란드에 가야 할 이유는 열 손가락을 꼽고도 넘쳤다. 무민Moomin을 만나고 싶었다. 여름에만 개장하는 무민 월드Moomin World는 포기할 수밖에 없었지만 무민을 실컷 보고 싶었다. 희고 포동포동한 하마 같은 무민은 일단 알게 되면 사랑할 수밖에 없는 마력의 괴물이다. 이 귀여운 캐릭터는 사실 하마가 아니라 핀란드어로 초자연 괴물 또는 거인을 뜻하는 '트롤troll'이라고 한다.

가끔씩 일본 여행에서 구입한 무민 캐릭터 상품들이 하나씩 늘어갈수록 이 깜찍한 괴물에 대한 호기심과 갈증은 커져만 갔고, 헬싱키 호텔에 짐을 풀자마자 아카데미아 서점과 일직선 거리에 자리한 무민 기념품 숍으로 달려갔다. 인형, 퍼즐 같은 장난감에서 무수한 생활용품까지 무민으로 온 집 안을 꾸밀 수 있을 만큼 다양한 캐릭터 상품이 진열되어 있었다. 그것이 전부가 아니었다. 핀란드의 우체국에는 무민 우표와 소포 상자, 저금통까지 판매하고 있었고, 슈퍼마켓에는 무민 자일리톨xylitol 캔디가 나를 반겼다. 이딸라에서는 무민 라인이 따로 있을 정도로 무민은 핀란드를 대표하는 국가 브랜드이며 상징적 캐릭터가 되었다. 무민이야말로 100년의 일관성, 즉 어린이뿐 아니라 어른에게까지도 꿈과 행복을 주는 동화 캐릭터로 태어나 한결같은 모습으로 확장을 거듭한 진화한 브랜드의 아름다운 전형인 것이다.

Moomin

1934년 핀란드의 대표 작가 토베 얀손Tove Jansson(1914~2001)이 발표한 무민 시리즈의 주인공인 무민. 무민 골짜기에 살면서 엄마, 아빠, 친구들과 함께 즐거운 생활과 모험을 하는 꿈같은 이야기들로 이루어져 있다. 1945년 첫 번째 동화 '무민 가족과 대홍수 Smatrollen och den stora oversvamningen'의 대성공 이후, 1966년 한스 크리스티안 안데르센 상Hans Christian Andersen Awards을 수상했으며, 일본에서는 애니메이션으로 인기를 끌어 토베 얀손의 생일인 8월 9일을 무민의 날로 정할 정도로 인기가 높다. 2014년은 토베 얀손 탄생 100주년을 맞이해 핀란드에서 기념 우표가 발행되었음은 물론 전 세계 많은 도시에서 이를 기념하는 다양한 행사가 열렸다.
www.originalmoomin.com

MUMIN
Mumintrollet
FYLLER ÅR
So Toffle sails
Toffle hears someone shout.
voice is hoarse and gruff.
I've had enough!'
But WHO will comfort
says 'Hi.'

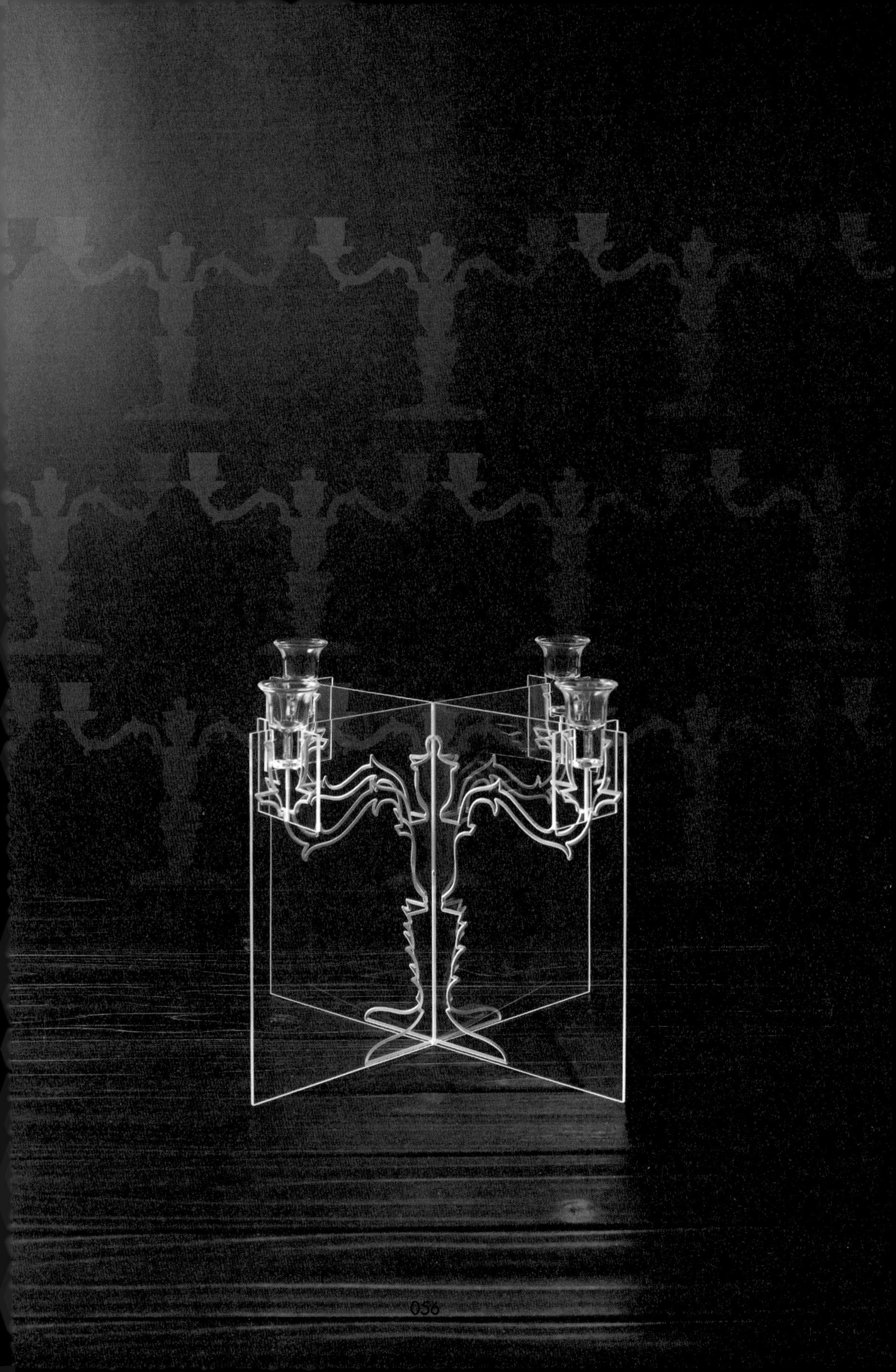

모마 디자인 스토어

뉴욕에서 내가 가장 좋아하는 곳 중 하나인 모마MoMAMuseum of Modern Art. 2년 전에는 이 멋진 뮤지엄을 구경하다 비행기를 놓칠 뻔했을 정도인데, 뉴욕에 가면 무조건 이곳에 가야 한다. 나의 지대한 관심사인 현대미술은 물론 건축과 디자인에 관한 무궁무진한 정보를 얻을 수 있고, 언제나 멋진 전시들이 나의 눈을 호강시켜주기 때문이다. 더욱이 모마MoMA의 예술품들이 선사한 감동은 특별함이 아닌 일상으로 만들어주는 '모마 디자인 스토어MoMA Design Store'는 20년 넘도록 언제 가더라도 신선하고 아이디어 넘치는 제품으로 가득하다. 이 세상에 존재하는 유명 미술관 가운데 이보다 더 훌륭한 기념품 숍은 없다고 생각한다. 억대가 넘는 요시토모 나라Yoshitomo Nara의 작품을 100달러도 안 되는 가격의 프린트 액자로 구입할 수도 있고, 세계적인 명성의 아티스트와 디자이너의 아트 북 외에도 포스터, 문구, 액세서리, 리빙용품 등으로 가득한 디자인의 천국이다. 특히 더할 수 없이 세련된 크리스마스 오너먼트Ornament와 카드는 이곳에서만 구입할 수 있다!

첫눈에 반한 촛대 '고스트 캔들라브라Ghost Candelabra' 역시 모마 디자인 스토어에서 구입했다. 19세기 유럽의 전통적 실루엣을 현대적 소재인 루사이트Leucite 패널로 재해석한 우아하고 로맨틱한 촛대는 영국 디자이너 존 러셀John Russell의 작품으로 65달러란 저렴한 가격이 믿어지지 않을 정도다.

모마 디자인 스토어는 뉴욕New York 11 WEST 53번가에 자리한 본점 외에도 소호, 일본 도쿄Tokyo에 있다. 우리나라는 www.momastore.co.kr을 통해서 만날 수 있다.

MoMA Design Store

1939년 뉴욕 현대미술관Museum of Modern Art의 로비에서 시작된 모마 디자인 스토어는 세계 최고의 디자인 숍이라는 명성을 지니고 있다. 아트 북은 물론 문구용품, 리빙용품, 액세서리 등 수백 점의 제품을 전시와 판매 중이다. 모마 큐레이터가 엄격한 기준으로 선정한 'Good Design, Great Gifts' 콘셉트에 부합하는 작품만 판매된다. 일상에서 예술을 즐길 수 있게 디자인, 실용성이 뛰어난 합리적인 가격의 상품들을 선보이고 있다.

www.momastore.org

실크에 관한 모든 것

짐 톰슨

휴식과 쇼핑뿐 아니라 감동적인 산해진미를 맛볼 수 있는 태국, 특히 방콕에 대한 강렬한 기억은 짐 톰슨에서 비롯된다. 9년 전, 생애 첫 방콕 여행에서 특히 궁금했던 건 블루 엘리펀트 원 데이 쿠킹 클래스Blue Elephant Cooking Class가 아니라 짐 톰슨Jim Thompson이었다. 유려한 실크 소재와 이국적인 패턴이 조화된 우아한 라이프스타일 컬렉션을 선보이는 짐 톰슨은 태국의 대표 브랜드라고 해도 과언이 아닐 듯하다. 한국에도 론칭한 그레이하운드Greyhound 같은 초감각적인 컨템퍼러리 브랜드도 태국 태생이지만 나는 역시 클래식 아이콘, 짐 톰슨이 좋다.

한국에서는 매우 고가로 판매되고 있는 짐 톰슨을 현지 가격으로 구매할 수 있다는 생각에 가슴 설렌 여행이었다. 숙소였던 포 시즌 호텔Four Seasons에 도착하자마자, 아케이드에 자리 잡은 짐 톰슨 부티크로 달려가 믿을 수 없이 저렴한 가격에 판매되고 있는 실크 침구와 쿠션, 소품들을 보고 싹쓸이 쇼핑을 시작했다. 그리고 이 특별한 브랜드에 대한 충만한 호기심으로 짐 톰슨 하우스Jim Thomson House Museum를 방문했다. 방콕 투어의 랜드마크이기도 한 짐 톰슨 하우스는 영민한 미국인 사업가가 미지의 세계였던 동양의 작은 나라를 통해 누린 부귀영화를 모두 담은 역사의 기록 같았다. 전통 양식으로 지어진 집 안 구석구석을 장식한 기품 있는 가구와 값나가는 도자기, 13세기 불상 같은 진귀한 장식품은 고상한 앤티크가 되어 방문객을 반겼다.

짐 톰슨 컬렉션 중 내 사랑을 꾸준히 받고 있는 것은 다양한 사이즈, 컬러와 패턴으로 선보이는 액자들이다. 손바닥보다도 작은 포켓 사이즈부터 A4 사이즈까지 취향에 따라 선택 가능한 실크 액자들은 인생의 추억을 함께하기 위해 꼭 하나쯤 구입해야 할 아이템이다. 나에겐 귀엽고 사랑스러운 코끼리 패턴이 베스트지만.

Jim Thomson

제2차 세계대전 때 방콕에 파견된 미국 장교였던 그의 남다른 안목을 통해 재발견된 실크Silk는 '짐 톰슨'이란 이름과 함께 레디투웨어Ready-to-wear에서 액세서리는 물론 다양한 라이프스타일 아이템을 선보이는 세계적인 브랜드로 거듭나게 되었다.
1967년 말레이시아 여행 중 실종되어 생사를 알 수 없게 된 그가 남긴 '이름'은 다채롭고 오묘한 짐 톰슨 컬렉션에 아로새겨져 전 세계에 태국의 신비와 아름다움을 전하고 있다.
www.jimthomson.com

GLADYS PERINT PALMER
FASHION PEOPLE
ASSOULINE
FASHI N NOW
i-D selects t mportant designers
EDITED
COLLECTING CONTEMPORARY ART
Adam Lindemann
TASCHEN
BREAK
LUN
TE
Simple, natural and delicious recipes from the legendary Rose Bakery of London, Paris and Tokyo
ROSE BA
PHAIDON
ARAJAS' J
ART BOOK
SPECIAL VALUE
$19.98
PHAIDON

DIANA SCARISBRICK
TIMELESS
TIARAS
Chaumet from 1804 to the Present
ASSOULINE

BRAZILIAN
STYLE
ASSOULINE

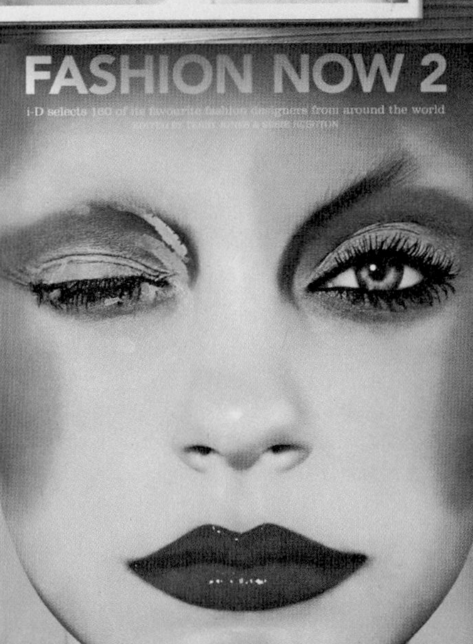
FASHION NOW 2
i-D selects 160 of its favourite fashion designers from around the world
TASCHEN

1000
CHAIRS
CHARLOTTE & PETER FIELL
TASCHEN

20th CENTURY
PHOTOGRAPHY
Museum Ludwig Cologne
TASCHEN

GLADYS PERINT PALMER
FASHION
PEOPLE

BREAKFAST
LUNCH
TEA

TIMELESS
TIARAS
Chaumet from 1804 to the Present

ICONS
Charlotte & Peter Fiell
DESIGN

COLLECTING
CONTEMPORARY
ART
TASCHEN

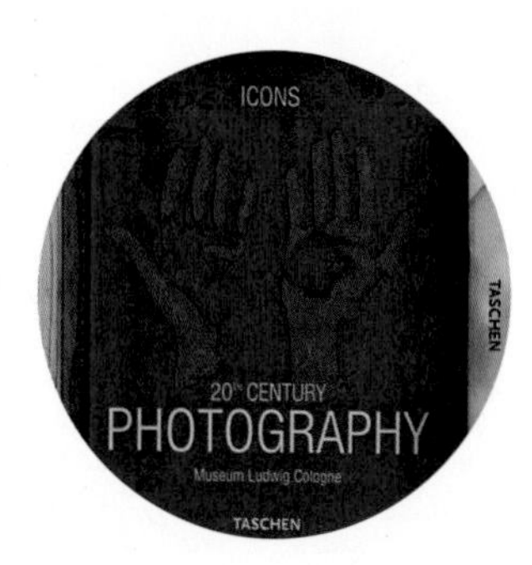
ICONS
TASCHEN
20th CENTURY
PHOTOGRAPHY
Museum Ludwig Cologne
TASCHEN

1000
CHAIRS
TASCHEN

책, 그 이상

애술린, 파이돈, 타셴

아마존Amazon이 아니라 YES24나 온라인 교보문고를 통해서도 전 세계에서 발간되는 웬만한 책은 다 구할 수 있는 시대가 되었다. 불과 10년 전만 해도 출장만 가면 현지 서점에서 책 쇼핑 하느라 정신없었는데 격세지감을 느낄 뿐이다. 비행기 수화물 허용 범위를 생각하지 않고 손 가는 대로 구입한 책들의 어마어마한 무게 때문에 '오버차지overcharge'를 내기도 했고, 그 돈 아끼려고 낑낑대며 기내 반입한 책들 나르느라 어깨가 빠질 것 같았던 숱한 기억들이 새록새록 떠오른다.

읽는 즐거움을 넘어 '수집'할 수밖에 없는 아트 북에 대한 탐닉은 그야말로 책을 '예술'로 만드는 세 곳의 출판사 덕분이다. 집과 사무실, 서재와 책장에 빼곡하게 자리 잡은 다양한 아트 북들은 시대를 대변하는 상징적 문화의 기록이자, 세월이 갈수록 소장가치를 더하는 나의 소중한 컬렉션이다.

Assouline

1994년 야파Yaffa와 프로스페르Prosper 애술린 형제가 파리에 설립한 출판사. 현재는 뉴욕 시를 기반으로 프로스와 마르틴Martine 부부가 주도하며 텍스트 대신 이미지에 초점을 맞추어 미술, 건축, 디자인, 패션, 요리, 사진, 여행, 라이프스타일 등을 포함한 1200여 개 분야의 타이틀을 가지고 세계 각지에서 브랜드 부티크를 통해 확장해나가고 있다.

www.assouline.com

Phaidon

본래 1923년 오스트리아 빈에서 벨라 호로비츠Bela Horowiz와 루트비히 골트샤이더Ludwig Goldscheider가 설립한 출판사. 제2차 세계대전 중 나치를 피해 런던으로 옮겨온 이후 쭉 런던에 본사를 두고 있다. 파이돈은 소크라테스가 '영혼의 불멸성'에 대해 함께 논한 제자 Phaedo를 독일어로 바꾼 이름으로, 여기서 드러나듯 호로비츠는 고전문학과 철학에 관심이 많았고 1937년 영어권 시장을 겨냥해 반 고흐Van Gogh 등 프랑스 인상주의 작가의 아트 북을 출간하기 시작했다. 고품질을 유지하면서도 저렴한 가격에 판매해 인기를 끌었다. 1990년대 리하르트 슐라만Richard Schlagman이 출판사를 인수한 후 파이돈의 강점이던 차별화된 디자인의 고급 아트 북에 집중하면서 다시 세계적 출판사로 올라섰다.

www.phaidon.com

Taschen

세계적 아트 북 출판사 타셴은 1980년 당시 열여덟 살이던 베네딕트 타셴Benedikt Taschen이 쾰른에 서점을 열어 소장하고 있던 만화책을 판 것에서 시작되었다. 이후 우연히 영문 텍스트로 된 르네 마그리트René Magritte의 아트 북 4만여 권을 구입해 이를 성공적으로 되팔면서 아트 북의 대중적 수요를 확신하고 본격적으로 아트 북 출판을 시작했다. 1985년 타셴의 첫 번째 오리지널 아트 북인 피카소 작품집을 펴낸 후 미술과 건축, 디자인, 사진 등 폭넓은 시각예술과 관련된 고품질의 책을 출간하며 세계적 아트 북 출판사로 성장했다.

www.taschen.com

Atelier Cologne
SMYTHSON

기록을 위한 호사

스마이슨

컬러 텔레비전과 컴퓨터, 휴대폰의 탄생을 환호로 맞이한 세대, 즉 디지털 이민자digital immigrants 중 한 명인 나는 여전히 아날로그 문화를 숭배한다. 2차 산업혁명을 통해 발명된 나일론의 일반가치와 이집트산 순면, 몽고산 캐시미어의 희소가치를 비교할 수 없기에, 3차 산업혁명이 온다 해도 '아날로그 문화'는 오히려 절대가치로 존재할 거라 믿는다.

아끼는 장인 브랜드, 스마이슨Smythson도 이 놀라운 시대적 변화를 잘 견뎌 오히려 더 독보적인 브랜드로 성장하기를 바란다. 몰스킨Moleskine 보다는 대중적으로 알려져 있지 않지만 130여 년 동안 고고한 위치와 고매한 품질을 지켜온 최고의 문구 브랜드 스마이슨. 크리에이티브 디렉터 서맨사 캐머런Samantha Cameron은 영국 총리 데이비드 캐머런David Cameron의 부인이기도 하다.

20년 전쯤, 런던이 아닌 뉴욕 맨해튼 57번가에서 압도적인 비주얼과 하늘색 박스로 가득 찬 스마이슨 부티크를 발견한 이래 '파나마 노트북Panama Notebook 애호가'가 됐다. 품격이 다른 수첩을 만난 것이다.

형형색색의 부드럽고 순수한 양가죽 표지 안에 숨겨진 '깃털보다 가벼운' 하늘색 속지에는 비밀이 하나 있다. 노트 한 장마다 빛을 비추면 'SMYTHSON REGISTERED FEATHERWEIGHT LONDON'이라는 글자가 인증 마크와 함께 선명하게 나타나는 것. 이렇게 특수 제작된 파나마 노트북은 어떤 만년필이나 펜을 사용해도 뒷면에 배지 않는 완벽한 보존성까지 지니고 있다.

반갑게도 2014년, 압구정동 갤러리아백화점에 스마이슨이 문을 열었다. 너무 기쁜 마음에 내 생활신조와도 같은 'LIVE, LOVE, LAUGH'라는 좋은 단어들이 아로새겨진 생기발랄한 초록색 파나마 노트북을 샀다. 마침 장인이 방한해 정성스러운 수작업 골든 스탬핑golden stamping으로 나의 이니셜 'JYK'를 새겨주었다.

스마이슨만이 줄 수 있는 기록을 위한 호사와 행복, 스마트폰 메모앱은 절대 모른다.

Smythson

1887년 프랭크 스마이슨Frank Smythson이 영국에서 탄생하여 4대에 걸쳐 왕실 납품 인증 '로열 워런트Royal Warrant'를 보유한 최고급 문구 브랜드로 자리매김했다. 현재는 여권 케이스, 지갑, 클러치, 핸드백 등 다양한 액세서리 컬렉션을 출시하며 프리미엄 브랜드로 성장하고 있다. 영국 총리 데이비드 캐머런의 부인 서맨사 캐머런이 크리에이티브 디렉터를 맡아 화제가 되기도 했다. 양가죽과 번짐 방지 특수 제지가 조화된 파나마 노트북이 대표적 아이템이다.
www.smythson.com

내 평생 친구

모나미

가끔 일본에서 초등학생 때 쓰던 사쿠라Sakura 크레파스, 미쓰비시Mitsubishi 색연필, 하이유니Hi-uni 2B 연필이 거의 40년 전 패키지 그대로 여전히 판매되는 걸 보면 어린 시절이 떠올라 가슴이 찡하다. 반면 우리의 왕자파스는 이제 터키에서만 살 수 있어 안타깝다. 어느 뉴스에서 보니 '추억의 왕자파스'는 머나먼 터키에서 판매 1위라고 한다.

그래도 다행인 건 프랑스어로 '나의 친구'라는 의미의 브랜드 '모나미Monami'가 아직도 건재하다는 사실이다. 이메일과 소셜 네트워크로는 표현할 수 없는 진심과 정성을 담은 손 편지 쓰기를 즐기는 내가 가장 아끼고 사랑하는 필기구는 모나미 네임펜name-pen이다. 같은 회사에서 나오는 플러스펜plus-pen도 수십 년째 애용하고 있지만 수용성이다 보니 번짐이 생겨, 아주 가는 글씨를 써야 할 때를 제외하고는 유성 네임펜을 즐겨 쓴다. 30년 전 초등학교 시절에는 검정, 파랑, 빨강이 전부였는데 이제는 색연필같이 다채로운 12색 유성 네임펜도 출시되어 있다. 딸아이의 초등학교 첫 등교 준비물로도 12색 네임펜을 챙겨주었었다. 그녀도 역시 이 제품을 좋아하는 것 같다.

우리나라 볼펜의 상징과도 같은 검은색 머리, 흰색 자루가 조화로운 모나미 '153 볼펜'은 벌써 50년 넘게 생산되고 있다고 한다. 2014년에는 50주년 기념 한정판도 출시되어 화제를 일으킨 바 있다. 내 책상 위에 모나미, 없어서는 안 될 평생 친구다.

Monami

1960년 설립된 광신화학 공업사가 모태인 우리나라의 대표적 종합 문구 브랜드. 50년 역사를 자랑하는 국민 볼펜, 검은색 머리와 흰색 자루 디자인의 '153 볼펜'이 대표 상품이며 플러스펜, 사인펜, 네임펜, 보드마카로도 유명하다. 전 세계 100여 국에서 만날 수 있는 글로벌 브랜드이기도 하다.

www.monami.co.kr

PERMANENT MARKER
monami
namepen·F

인형의 집

슈타이프

어릴 때부터 인형을 아주 좋아했다. 맨해튼의 에프에이오 슈워츠FAO Schwarz 같은 멋진 장난감 가게가 서울에 없는 것이 여전히 아쉬울 뿐이다. 영화 〈나 홀로 집에Home Alone〉에 등장하는 케빈의 장난감 방은 동경의 대상이었다.

2000달러가 넘는 테디 베어Teddy Bear를 난생처음 본 것도 에프에이오 슈워츠에서였다. '슈타이프Steiff'와의 첫 만남이었다. 이 브랜드의 명성은 1901년 취임한 미국 26대 대통령 시어도어 루스벨트Theodore Roosevelt(1858~1919)의 애칭에서 따온 '테디' 곰 인형의 발매에서 기인한다.

화재 같은 위험한 상황에서 아이가 인화성이 강한 솜과 인조 소재의 인형을 안고 있는 것처럼 위험한 것은 없기에 사용자의 안전까지 고려해 철저하게 만들어진다는 것. 열쇠고리가 달린 소형 테디 베어도 몇 만 원은 넘지만 대를 물려 사용한다는 믿음으로 이왕이면 슈타이프 인형들을 구입한다.

이 브랜드의 초기 제품은 크리스티Christie나 소더비Sotheby 경매에서 정식 경매품으로 지정되어 수억 원대에 거래되는 것으로도 유명하다. 인형이라고 해서 만만하게 볼 일이 아니다. 슈타이프는 다르다.

Steiff

1880년 창업자 마가레트 슈타이프Margarete Steiff가 펠트 소재의 코끼리 장난감을 선보인 것을 시작으로 1902년에 테디 베어를 출시하면서 유명세를 얻은 독일의 완구 브랜드. 귀에 로고가 각인된 금색 단추를 달고 있는 슈타이프의 모든 인형은 독일의 '완벽주의' 수공 장인을 의미하는 '마이스터Meister'가 엄선한 알파카Alpaca, 모헤어Mohair, 캐시미어Cashmere, 천연 코튼Cotton과 울Wool 소재, 나무 대팻밥 충전재를 사용해 '손바느질'로 제작한다.
www.steiff.com

Steiff
KNOPF IM OHR
Giengen Germany
Steiff
Original
My Teddy
Father No
At night, wh
Maman calls
Mon nounours
Père Christmas
La nuit, quand je
Maman appelle «

7.5cm가 만드는 꿈의 세상

플레이모빌

"뛰고 달리고 구부리고 앉고, 매달리고 공부도 하고~" 아직도 잊히지 않는 수십 년 된 CM송이 있다. 세 살 아래인 여동생과 유난히 즐겨 부르던 이 노래는 우리가 좋아해 마지않던 장난감 '플레이모빌Playmobil'의 주제가였다.

1980년대에는 영실업이 판매권을 갖고 있어 '영 플레이모빌'이라고 불렸다. 레고Lego와 같은 독일 태생인 플레이모빌은 우리 자매가 아끼던 장난감이었다. 레고보다 더 귀했던 플레이모빌은 일상적인 장소나 장면을 정교하게 표현한 인물과 소품들로 이루어져 상상력을 자극하기에 더없이 좋았다. 상자 안에 들어 있는 모든 시리즈를 다 갖고 싶었던 어린아이의 이룰 수 없는 꿈은 11년 전 딸아이를 낳으면서 다시 날개를 달았다.

아이가 걸음마를 떼자마자 우리 부부가 의기투합해 플레이모빌 시리즈를 구입하기 시작한 것이다. 좋은 장난감으로 아이의 지능, 창의성 계발을 도모하자는 취지였지만, 둘이 너무 신이 나서 집, 병원, 목장, 수영장, 자동차, 아이스크림 가게, 슈퍼마켓 등 온갖 시리즈를 사 모았다. 플레이모빌은 아이용일 뿐 아니라 어른들의 노스탤지어를 자극하는 매개체이며 장식적 효과까지 뛰어난 수집용 장난감임이 분명하다. 실제로 인터넷을 통해 '1970년대 빈티지 플레이모빌'이 활발히 거래되고 있기도 하다. 대를 물려 쓰는 이상적인 장난감, 역시 플레이모빌이다.

Playmobil

1974년 독일의 발명가 한스 베크Hans Beck가 탄생시킨 플레이모빌은 독일을 대표하는 장난감 브랜드. 아이들의 손 크기로 갖고 놀기 적합한 7.5cm 사이즈의 사람 모형이 대표적으로, 현재까지 17억 개가 넘는 캐릭터를 생산했으며 실제 생활의 다양한 주제를 표현하는 정교하고 섬세한 인물, 건축물, 가구, 소품 등을 축소한 장난감으로 남녀노소에게 사랑받고 있다.

www.playmobil.com

바우하우스의 고집을 쓰다

라미

전설이라 불리는 노트

몰스킨

만약 잃어버리기라도 한다면 오랫동안 속상함과 자책감에 시달릴 것이 분명한 값비싼 몽블랑Montblanc 펜. 나같이 펜을 잘 잃어버리는 사람에게는 비교적 저렴한 가격과 현대적인 디자인의 라미Lamy Y펜이 더 잘 어울리는 것 같다. 그중에서도 '독일' 제품이 보증하는 내구성과 기능성은 차치하고라도 '커다란 클립'이 준수한 매력을 발산하는 '사파리Safari 컬렉션'은 요즘 초등학생들도 탐내는 아이템이다.

왜 '라미'여야 하는가라고 묻는다면 답은 아주 간단하다. 좋은 펜답게 잘 써지고, 갖고 싶을 정도로 예쁘다는 것이다. 또 바우하우스Bauhaus 철학을 계승한 브랜드답게 뛰어난 디자인과 합리적인 가격을 추구한다. 1980년 첫선을 보인 '사파리 컬렉션'은 어린 학생들에게 필기의 스트레스가 아닌 즐거움을 선사하기 위해 개발된 제품이라고 하는데, 딸아이가 좋아하는 걸 보면 제작 의도 자체만으로도 성공 모델인 듯하다.

Lamy

1930년 독일 하이델베르크에서 조셉 라미C. Josef Lamy가 오르소스Orthos라는 회사를 세운 이후 1952년 혁신적인 'LAMY 27'모델 출시 이후 '라미'브랜드로 변신하게 되었다. 'Form follows design'이라는 철학에 입각해 외부 디자이너들과 지속적인 협업을 통해 디자인과 기능이 조화를 이루는 고품질의 필기구들을 선보이며 아날로그 문화를 선도하고 있다.
www.lamy.com

라미 사파리Safari 펜과 가장 잘 어울리는 노트는 당연히 몰스킨Moleskine이다. 반 고흐Van Gogh(1853~1890), 파블로 피카소Pablo Picasso(1881~1973), 어니스트 헤밍웨이Ernest Hemingway(1899~1961)가 즐겨 사용했다는 200여 년 역사를 지닌 이 고상한 노트는 보기만 하면 갖고 싶고, 무언가 쓰고 싶어지는 지적 허영심을 자극한다.

어릴 때부터 문구류 욕심이 유난히 많은 나는 낯선 여행지에서도 습관적으로 서점과 문구점을 들러 새롭고 특이한 필기구와 노트를 사 모은다. 몰스킨도 그렇게 만났다. 1990년대 중반, 파리의 루브르 박물관 기념품 숍에서 멋모르고 산 두툼한 검은색 노트가 몰스킨이었다. 왠지 있어 보이는 검은 커버에 단단한 끈이 달려 있는 이 빈 노트는 마치 내가 빼곡히 채워 넣어야 할 의무가 있는 한 권의 책 같았고, 강한 끌림이 있었다.

그 후 전설의 노트라 불리는 몰스킨의 명성에 대해 알게 되었고, 나에게 콜라는 코카콜라뿐인 것처럼 노트는 몰스킨뿐이었다. 이니셜 등을 새길 수 있는 몰스킨의 특징을 살려 글로벌 브랜드들의 론칭 선물로 특별 주문을 하기도 하는데 반응은 항상 기대 이상이다.

휴대폰 애플리케이션으로도 몰스킨 앱을 다운로드할 수 있다. 특유의 아날로그 감성을 디지털과 접목해 동시대 감각으로 업그레이드한 재기 발랄한 아이디어에 아낌없는 박수를 보낸다. 전설은 계속되어야 한다.

Moleskine

200여 년 전 프랑스에서 탄생한 노트와 다이어리 전문 브랜드. 미색의 속지와 검은색 양가죽 커버, 고무 밴드가 특징으로 반 고흐, 피카소, 헤밍웨이 등 예술가와 지식인이 애용한 노트로 유명하다. 1980년대 중반 생산이 중단되는 고초를 겪었으나, 1995년 이탈리아 신테그라 캐피털Syntegra Capital이 인수한 이래 성장세를 이어가고 있다.
www.moleskine.com

결정적 순간의 기록

라이카

어린 시절부터 사진에 관심이 많았던 나에게 '결정적 순간'들을 가르쳐준 세계적인 사진작가 세 명이 있다. 로베르 두아노Robert Doisneau(1912~1994), 앙리 카르티에 브레송Henri Cartier Bresson(1908~2004), 로버트 카파Robert Capa(1913~1954). 그들의 사진은 연출의 의혹(?)을 받을 만큼 자연스러웠고 완벽한 순간의 기록들이었다. 아마 완벽을 추구하는 나에게 시각적 기준을 제시한 이들의 카메라가 궁금한 건 당연지사였을지도 모른다. 그들이 사용한 여러 카메라 중 유일하게 중복되는 라이카Leica 시리즈야말로 결정적 순간들의 결정적 카메라였음을 암시한다. 비록 내가 가지고 있는 사진술이 그들보다 미흡하더라도 나 또한 나만의 결정적 순간을 기록하고 싶은 하루하루가 있듯 그 순간을 위해 오늘도 라이카를 통해 세상을 보려 노력한다. 혹시 모르는 일이다. 나의 라이카 'D-LUX4'를 통해 로베르 두아노의 '시청 앞의 키스Le Basier de Hotel de Vilne(1950)' 같은 멋진 순간이 기록될 수도 있음을.

-포토그래퍼, 이상천

Leica

1914년, 독일의 에른스트 라이츠Ernst Leitz에서 만든 최초의 35mm 카메라 우르라이카Ur-Leica 탄생 이후 100년 넘게 사랑받고 있는 고급 카메라의 대명사. 특히 1925년 발매된 '라이카 1' 카메라는 소형 카메라의 기준을 확립했고, 1954년 압도적인 성능을 지닌 'M3'를 발매함으로써 세계적인 광학 회사로 자리매김하게 된다. 1970년대 이후 일본 카메라 브랜드에 밀려 쇠락의 길을 걷게 되었으나 2009년 라이카 최초의 풀 프레임 디지털 레인지 파인더 카메라 'M9'을 출시하면서부터 카메라 애호가들의 절대적 사랑을 받으며 명성을 되찾게 되었다. '디자인design, 핸드메이드handmade, 하이엔드high-end'라는 단어들로 대변되는 라이카 브랜드의 독보적인 DNA는 세계 사진사를 통해 확인할 수 있다.

www.leica-camera.com

Leica

필기구의 명작

몽블랑

남편과 연애 시절, 첫 생일에 '몽블랑Montblanc' 볼펜을 선물했다. '성공한 남자'가 되라는 깊은 뜻을 담아서 말이다. 가장 저렴한 제품이었지만 어쨌든 몽블랑은 성공을 상징하는 브랜드가 아닌가?

엘리자베스 여왕Her Majesty Queen Elizabeth II, 존 F. 케네디John Fitzgerald Kennedy뿐 아니라 세계적인 명사와 작가들이 몽블랑을 애용한 것은 물론이고, 1990년에 동독과 서독의 통일 조약을 서명하던 역사적인 순간에도 역시 몽블랑 마이스터스튁Meisterstück 149가 사용되었다는 것은 널리 알려진 사실이다.

나 역시 대학교 졸업 선물로 몽블랑 만년필과 볼펜을 선물 받았다. 잡지사 에디터로 사회생활을 시작한 나는 취재원을 만나거나 인터뷰를 할 때에는 어김없이 '몽블랑'을 챙겼다. 아버지도, 교수님도, 선배들도 중요한 자리에서는 으레 블랙 레진black resin 몸체, 뚜껑에 흰 별이 그려진 그 펜을 꺼내던 모습처럼 나에게도 '몽블랑'은 사회적 예의가 되었다. 특히 몽블랑 보헴Boheme은 뭉툭하지만 여성스러운 디자인에 필기감이 좋고 휴대성이 뛰어나 애용하고 있다. 빅BiC 볼펜과 라미를 사랑하지만, 몽블랑을 꺼내야 하는 순간은 분명 따로 있다.

몽블랑은 녹록지 않은 가격대지만, 한 번 큰맘 먹고 구입하면 평생 애프터서비스를 받을 수 있고 대를 이어 쓸 수 있는 브랜드인 것이다.

Montblanc

1906년, 독일에서 알프레드 네헤미아스Alfred Nehemias, 아우구스트 에버스타인August Eberstein, 클라우스 요하네스 포스Claus Johannes Voss에 의해 탄생한 필기구 브랜드. 1924년 18K 골드와 플래티넘Platinum의 투 톤 닙nib을 지닌 전설적인 '마이스터스튁 149' 만년필을 출시하면서 프리미엄 브랜드로 자리매김했다. 만년필 한 자루를 제작하기 위해서는 장인들의 수작업 공정 150단계를 거쳐야 하므로 6주 이상 소요된다고 한다. 눈 덮인 몽블랑 정상을 의미하는 육각형의 하얀 별 로고 '몽블랑 스타'가 브랜드 심벌이며, 펜촉에 새겨진 '4810'은 몽블랑의 높이다. 현재는 리슈몽Richemont 그룹의 일원으로 필기구부터 시계, 가죽 제품, 향수까지 선보이는 명품 브랜드로 확장 전개되고 있다.

www.montblanc.com

아이들의 상상은 현실이 된다

레고

1970년대 초에 태어난 우리 시대 최고의 장난감은 '레고Lego'였다. 지금같이 대형 마트에 레고 전문 코너가 들어설 것이라고는 상상도 하지 못한 그때엔 무역업 등에 종사하는 지극히 일부 사람만 외국에서 사올 수 있는 아주 귀한 장난감이었다. 해외 출장이 많은 아빠 덕에 우리 세 자매는 태어날 때부터 레고를 가지고 놀 수 있었다. 특히 바깥에서 놀기 어려운 겨울에는 레고를 가지고 온갖 상상력을 동원해 집도 만들고 병원도 짓고 소꿉놀이도 했다. 때로는 블록으로 바비 인형의 침대, 의자, 책상 등 여러 가지 가구를 마련해주었다. 생각해보면 지금의 창의력이 진짜 '레고' 때문에 생긴 것이 아닌가 싶다.

오늘날의 '닌자고Ninjago', '프렌즈Friends', '키마Chima' 등과 같은 온갖 시리즈의 레고가 없었기 때문에 조립 설명서에 의존하지 않고, 갖고 있는 몇 세트의 레고 블록을 이리저리 조합해 나만의 아이디어로 무언가 끊임없이 창작해냈다. 그리고 30년이 더 흘러 2000년대 초반에는 아이들의 지능과 창의력 계발에 유익하다는 '레고 학교'가 인기를 끌기도 했다.

최근에는 1968년 첫선을 보인 덴마크 레고랜드가 전 세계로 확장하면서 레고를 사랑하는 남녀노소 모두에게 다양한 체험을 선사하고 있고, 온 가족을 위한 '레고 무비'가 상영되며, 여러 아티스트가 단순한 장난감이 아닌 예술 작품으로 승화시키고 있다. 나단 사와야Nathan Sawaya, 숀 케니Sean Kenney 등을 비롯해 세계적인 그래피티 아티스트 뱅크시Banksy의 작품을 레고를 이용해 재탄생시킨 포토그래퍼 제프 프리센Jeff Friesen의 브릭크시Bricksy 시리즈가 좋은 예다.

타고난 레고 마니아인 나의 사랑 역시 변할 리가 없다. 세계의 유명 건축물을 미니어처로 소장할 수 있는 '레고 아키텍처 시리즈Lego Architecture Series'를 만드는 재미는 어린 시절 못지않다. 인체에 무해한 무독성 플라스틱 소재의 장난감과 패키지, 안전을 최우선으로 한 제품 디자인 등 탄생 이래 '최고'가 될 수밖에 없는 기본을 지켜가고 있는 레고야말로 평생토록 추억과 사랑을 이어주고 꿈과 행복을 나눌 수 있는 브랜드 중의 브랜드다.

Lego

1932년 덴마크 빌룬드Billund에서 키르크 크리스티안센Kirk Kristiansen이 탄생시킨 장난감 브랜드의 대명사. 최초의 레고는 목수였던 그가 손으로 만든 목각 인형들이었으나 날로 커지는 수요를 감당할 수 없어 1940년대 후반부터 플라스틱 장난감을 만들었고, 특히 1958년 첫선을 보인 레고 브릭Brick으로 '세기의 장난감'이라는 명성을 얻었다. 무한 조립이 가능한 브릭들의 연결을 통해 상상력과 창의적인 아이디어를 발전시킬 수 있는 이 획기적인 장난감은 80년 넘게 130여 국가에서 큰 사랑을 받고 있다.
www.lego.com

내 추억의 리미티드 에디션

인스탁스

카메라가 흔하지 않았던 1979년, 아빠가 미국 출장길에 사오신 '폴라로이드Polaroid' 카메라. 가족의 모습을 기록하는 일을 즐기신 성격 급한 우리 아빠에게 필름을 맡기고 인화하는 과정이 생략되는 '즉석 카메라'는 애장품 중 하나였다. 소중한 순간을 바로 보여주는 이 마법 같은 카메라는 우리 가족의 추억을 기록하는 필수품이 되었고, 1990년대 후반 도쿄 여행길에서 호기심에 '인스탁스Instax'를 구입하기 전까지 '폴라로이드'는 그야말로 '폴라로이드', 즉석카메라의 대명사였다.

20년 동안 한결같던 나의 사랑이 변할 즈음, 폴라로이드에 최대 시련이 닥쳤다. 2001년, 전 세계인에게 '즉석카메라'를 의미하는 보통명사로 각인될 만큼 강력했던 최초의 브랜드가 시대적 변화에 적응하지 못하고 파산한 것이다. 후지필름이 출시한 인스탁스는 일본 브랜드 특유의 디테일로 내 마음을 빼앗았다. 투박한 디자인과 다소 무거운 폴라로이드 모델들과 달리 인스탁스 미니는 예쁜 디자인에 휴대성을 강조한 혁신적인 즉석카메라였다.

어느덧 인스탁스와 함께한 세월이 20년이 넘었다. 생일, 기념일, 여행, 출장은 물론 소소한 일상의 즐거움을 위해 인스탁스를 휴대하는 것이 오랜 습관이 되었다. 특히 딸아이가 태어난 2004년 가을부터는 더 친근한 브랜드가 되었다. 아이의 출생부터 기억하고 싶은 지난 11년, 해마다 인스탁스를 꺼냈다. 디지털카메라로 촬영한 수많은 데이터가 컴퓨터 하드에서 잠자고 있는 것과 달리, 인스탁스 미니Instax Mini는 아름다운 추억의 중요한 매개체가 되고 있다. 여전히 비싼 필름 가격 탓에 포착의 찰나를 선택해야 하는 아쉬움과 희열을 제공한다. 더욱 기특한 것은 20년이 넘은 인스탁스가 고장 한 번 나지 않는다는 사실이다. 마니아로서 꾸준히 업그레이드된 사양의 제품을 구입하고 있지만, 가격 대비 품질의 우수성 또한 평생 함께 가야 할 이유다. 얼마 전부터는 인스탁스 쉐어Instax Share라는 스마트폰 포토 프린터를 사용하고 있는데 이 역시 마음에 쏙 든다. 스마트폰으로 촬영한 수많은 사진 중 원하는 사진을 선택해 즉시 인스탁스 미니 인화지로 출력이 가능하다. 결국 폴라로이드가 시작한 역사를 인스탁스가 이어가고 있는 것이다.

Instax

1934년 설립한 세계 최대의 사진 및 영상 처리 기업 후지필름이 1990년대 말 출시한 즉석카메라 브랜드로 1990년대 말부터 선보이고 있다. 62 x 46mm의 미니 포맷과 60 x 99mm 사이즈의 와이드 포맷 2가지 사이즈 중 선택이 가능하다. 2013년에는 국내 누적판매 200만 대를 돌파하는 등 세계적인 인기를 이어가고 있다.
www.instaxfuji.com

2013
H·K
2003. my birthday
at "Park"
MINNIE
11APR12
12 SEP 12
FUJIFILM

머리를 깨우는 메모의 습관

포스트잇

초등학교 시절, 포스트잇Post-it의 등장은 노트의 혁명과도 같았다. 재사용이 가능한 일시적 접착력을 지닌 샛노란 카나리아Canary Yellow 색의 정사각형 메모지의 탄생으로 '메모의 기쁨'을 알게 되었다. 탄생 후 35년의 세월 동안 포스트잇은 접착 메모지의 상징으로 고유명사가 된 지 오래다.

포스트잇 브랜드는 '실패는 성공의 어머니 Failure teaches success'라는 격언을 입증하는 대표적 성공 사례기도 하다. 3M社 직원이었던 스펜서 실버Spencer Silver가 강력 접착제 개발 중 실수로 만든 접착력과 끈적임이 약한 접착제와 같은 회사 직원 아트 프라이Art Fry의 기발한 아이디어가 결합해 세계 최초의 걸작품을 만들어낸 것.

이후 포스트잇의 모방 제품이 쏟아져 나오고 있지만 포스트잇이 특별한 이유는 친환경 제품을 지향하기 때문이다. 재성장 가능한 공인된 숲의 나무만을 사용하며, 뒷면 접착은 67% 이상을 식물 성분으로 제조하고, 내부 폐기물의 97%를 리사이클링하는 등 환경을 우선으로 생각하는 착한 메모지인 것.

"포스트잇 좀!"

각종 업무의 필수품인 포스트잇은 항상 내 책상 위와 다이어리 안을 지키고 있다. 학생들의 필기와 암기를 위한 필수품이면서 모든 현대인의 퇴화되어가는 기억력의 보조 수단으로 더할 나위 없는 포스트잇. 게다가 북마크 자리를 대신한 책갈피이자 클리핑clipping을 위한 완벽한 '머스트 해브 아이템'.

마음과 생각을 나누고 기억하기 위한 '손 메모'의 가치는 급변하는 디지털 시대에 오히려 더 높아지는 것 같다. 치매 예방을 위해서라도 포스트잇에 메모하는 습관은 일생 동안 계속되어야 한다.

Post-it® Brand

1930년 미국 3M社의 직원 아트 프라이와 스펜서 실버가 발명해낸 세계 최초의 접착식 메모지 브랜드. 샛노란 카나리아 색의 네모 모양 오리지널 포스트잇이 상징적 제품이며 다용도로 활용 가능한 특별한 편의성으로 전 세계인의 사랑을 받고 있다.
www.post-it.com

한없이 투명한 볼펜

빅

어릴 때부터 문구 욕심이 유난했다. 고등학교를 졸업할 때까지 학교 앞 문방구의 VIP 고객이었고 새로운 문구류를 판다면 강 건너까지 찾아가 쇼핑했다. 특히 공부보다 필기를 좋아한 내가 집착한 볼펜 브랜드는 빅BiC이었다. 당시 형형색색 폼 나는 학용품은 일본 제품이 많았지만 볼펜만은 빅이 좋았다. 손에 착 붙는 부드러운 그립감과 나만의 달걀 서체를 돋보이게 하는 필기감은 빅이 최고였다.

여러 종류의 빅 볼펜 중에서 크리스털Cristal 볼펜을 편애한다. 빨강, 파랑, 초록, 검정의 크리스털 볼펜이 가지런히 담긴 필통은 왠지 '센스' 있어 보인다. 미국 브랜드인 줄 알았는데, 빅은 프랑스 브랜드였다. 더욱이 크리스털 볼펜은 1950년에 태어난 일회용 볼펜의 효시였다. 만년필 사용의 불편함을 극복한 혁신적인 발명품인 '한없이 투명한' 이 볼펜은 세계에서 가장 많이 팔린 펜이기도 하다. 지금도 500원이면 살 수 있는 이 예쁜 볼펜은 평범하고 경제적인 것이 최고가 될 수 있다는 것을 보여준 혁신의 성공 사례다.

BiC

1945년 프랑스의 마르셀 빅Marcel Bich이 세계 최초로 볼펜 발명 특허를 보유한 라슬로 비로László Bíró의 특허를 사들여 설립한 브랜드. 최초로 볼펜을 대량 생산해 판매하기 시작한 회사이며, 지금도 세계 최대의 볼펜 생산 회사라고 한다. 여러 나라에서 인기가 있는데, 특히 미국에서 많이 팔리는 볼펜이다. 우리나라의 모나미 펜처럼 해외에서 호텔 노트용, 공공기관 등에서 쓰는 펜이기도 하다. 빅은 웬만하면 고급형 제품을 출시하지 않는데, 기본 철학이 '가장 저렴한 가격으로 최고의 품질을 제공한다'이기 때문이다.
www.bicworld.com

2005년, 사업을 시작하면서 내 사무실을 갖게 된다는 꿈에 부풀어 가구 쇼핑에 나섰다. 2m 길이의 오크 책상에 아이보리에 가까운 화이트 루이 고스트Louis Ghost 체어를 배치하고, 우리 회사 상징 색이기도 한 산뜻한 초록의 '플라이Fly' 조명을 천장에 달았다. 그리고 고고한 블랙 컬러의 부지Bourgie 램프(designed by Ferruccio Laviani)도 구입했다. 관능적인 이름의 에로스Eros 체어와 백설 공주에 등장하는 난쟁이 소재의 스툴 놈Stool Gnome 시리즈도 마련했다.

아주 많은 돈을 들이지는 못하지만 느낌 있는 사무실을 만들고 싶었다. 카르텔Kartell이 안성맞춤이었다. 혹자는 플라스틱 가구를 왜 그 돈을 주고 사느냐고 핀잔을 주기도 했지만 카르텔은 보통 플라스틱이 아니라 오롯한 가구라고 생각했기에 아낌없이 구입할 수 있었다. 실제로 카르텔의 아이콘이자 필립 스탁 디자인의 정수를 보여주는 루이 고스트 체어는 10년째 그 아름다움을 지키고 있다. 컨템퍼러리 클래식의 전형인 이 의자는 어느 공간에나 정말 잘 어울린다. 다른 가구와 소품도 마찬가지다. 지난 10년 동안 컴플리트 케이 사무실을 함께 지켜주고 있는 소중한 창립 멤버들이다. 추가 영입한 마스터스Masters 체어와 라보엠 스툴La Boheme Stool도 빼놓을 수 없다. 내겐 너무 멋진 플라스틱 가구 카르텔과 앞으로도 수십 년 함께할 생각이다.

흔히 플라스틱은 환경오염의 주범이라고 생각하는데 카르텔은 다르다고 생각한다. 일회용이 아닌 수십 년 동안 사용할 수 있는 디자인과 내구성을 지닌 카르텔 가구들은 산림을 파괴하지도 식량난을 유발하지도 않으면서 일상의 행복을 선사하기 때문이다.

Kartell

1949년 이탈리아에서 줄리오 카스텔리Giulio Castelli와 아내 안나 카스텔리Anna Castelli가 설립한 카르텔은 1963년 홈 퍼니싱 분야로 사업을 확장하면서 플라스틱 가구 회사의 대명사가 되었다. 특히 필립 스탁, 페루초 라비아니Ferruccio Laviani, 안토니오 치테리오Antonio Citterio, 스테파노 조반노니Stefano Giovannoni, 로낭 앤 에르완 부홀렉Ronan & Erwan Bouroullec 등 세계적 거장들과 협업해 디자인 혁신은 물론 플라스틱 가구의 고급화를 주도하며 60년 이상 선구자의 명성을 유지하고 있다.
www.kartell.it

조니 뎁, 아니 나의 안경

모스콧

초등학교 4학년 때, 안경 올리는 짝의 모습이 너무 근사해 보여 눈이 나빠지길 바랐고, 결국 안경을 썼다. 막상 안경을 써보니 불편하고 볼품도 없는 것 같아 콘택트렌즈 낄 날만 기다렸다. 겁이 많아 라식 수술은 엄두도 못 내고 아직도 하드 렌즈를 착용하고 있는데 눈이 극도로 피로하면 안경을 쓸 수밖에 없다. 1990년대 초 당시 정말 갖고 싶었던 조르지오 아르마니Giorgio Armani 안경테를 시작으로 가볍고 견고한 일본 브랜드들을 섭렵하고 린드버그Lindberg, 올리버 피플Oliver Peoples, 커틀러 앤 그로스Cutler & Gross 같은 안경 브랜드를 두루 써본 결과 가격, 디자인, 착용감의 삼박자가 조화로운 최고의 브랜드는 미국 브랜드 '모스콧Moscot'이었다. 100년의 역사와 전통을 지닌 모스콧 안경의 가장 큰 특징은 안 어울리는 사람이 없다는 것 아닐까.

특히 유행을 타지 않는 렘토시Lemtosh나 밀첸Miltzen은 나만의 빈티지 아이템 역사를 만들 수 있을 듯하다. 조니 뎁Johnny Depp, 마리오 테스티노Mario Testino, 카린 로이펠Carine Roitfeld, 케이티 홈스Katie Holmes, 지젤 번천Gisele Bundchen 등 셀 수도 없는 셀러브리티들이 애용하는 안경으로 널리 알려졌지만 실제로 오늘날 모스콧의 명성은 '누구에게나 잘 어울리는 디자인' 때문임이 분명하다. 즉 모스콧은 누구의 안경도 아닌 내 안경의 이름인 것이다.

Moscot

1915년 하이먼 모스콧Hyman Moscot이 맨해튼에 안경점을 오픈한 이래 4대에 걸쳐 100년의 역사와 전통을 자랑하는 아이웨어 브랜드. 세월의 흐름에도 변함없는 클래식 디자인은 물론 아이웨어와 다양한 액세서리를 선보이는 글로벌 라이프스타일 브랜드로 성장 중이며 클래식한 오리지널 디자인뿐 아니라 착용자의 필요에 따른 다양한 라인의 제품을 선보여 세계적인 사랑을 받고 있다.
www.moscot.com

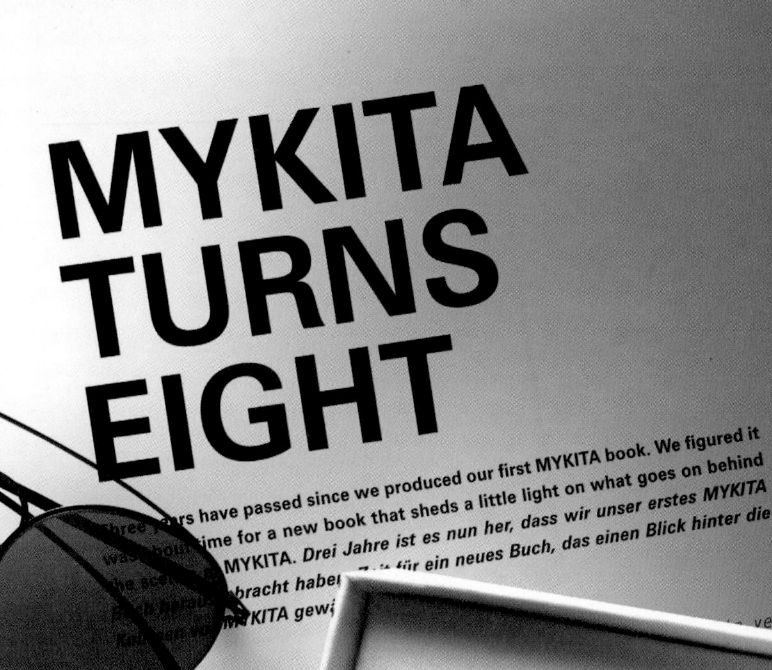
MYKITA
TURNS
EIGHT
have passed since we produced our first MYKITA book. We figured it
time for a new book that sheds a little light on what goes on behind
MYKITA. Drei Jahre ist es nun her, dass wir unser erstes MYKITA
für ein neues Buch, das einen Blick hinter die
To mark the occasion, we invi
artists to create works expre
sonal impressions of MYKITA
Sarah Illenberger, Billy
Loschert, Mikio Hasui,
Borthwick, Carl Bengtsso
and Agathe Snow.
We also hear from
Frenzl, whose three
into life at a mod
dresses the subje
well as the pheno
their influence
live in. Finall
ment of the n
we created i
The “Me
variety of
world re
places a
sociate
MYKITA
Maison Martin Margiela
MYKITA
Maison Martin Margiela

진격의 아이웨어

마이키타

선글라스 애호가인 내가 아이웨어에 대한 새로운 정보와 지식을 얻는 곳은 '파피루스Papyrus'라는 아이웨어 편집매장이다. 20여 년 전 압구정동에 첫 매장을 오픈한 이래 전 세계 아이웨어의 트렌드와 스타일을 엄선해 국내에 선보이고 있는 신뢰도 높은 브랜드이기도 하다. 특히 갤러리아백화점 명품관 5층에 자리한 파피루스의 서승열 매니저는 해박한 지식과 친절함으로 10년 넘게 나에게 '안경과 선글라스의 신세계'를 소개해 주고 있다. 단골 고객의 취향을 꿰뚫고 있는 노련한 전문가인 그의 추천 덕분에 알게 된 주목해야 할 이름이 있다.

2003년 베를린에서 탄생한 마이키타Mykita. 마이키타라는 브랜드명은 어린이 유치원kindertagesstätte의 줄임말인 KITA라는 단어에서 파생되었는데, 회사의 첫 번째 소재지가 유치원 건물이었던 것에 기인한다. 끊임없는 개척 정신과 함께 새로운 기술 개발의 선구자인 마이키타는 'Collection No.1' 이후 'Decades' 아세테이트 컬렉션, 'Lite' 컬렉션, 'Collection No.2', 'Mylon' 폴리아마이드 컬렉션을 선보이고 있다. 또 여기서 멈추지 않고 베른하르트 빌헬름Bernhard Willhelm, 로맹 크레메Romain Kremer, 마리오스 슈바프Marios Schwab, 알렉산드르 헤르치코비치Alexandre Herchcovitch 등 전위적인 디자이너들과 협업해 신선한 반향을 일으켰고, 최근 다미르 도마Damir Doma, 메종 마틴 마르지엘라Maison Martin Margiela와 공동 작업해 더욱 성장하고 있다. 베를린 중심에 있는 그들의 놀이터와 같은 마이키타 하우스에서는 디자인에서 생산, 마케팅에 이르는 모든 과정이 한 지붕 안에서 이루어지며, 지난 2014년에는 새로운 공간으로 이전했다.

파피루스 서승열 매니저 덕분에 나는 국내에 단 두 점만 들어온 다미르 도마와 메종 마틴 마르지엘라 스페셜 에디션을 가질 수 있었다. 무게에 매우 민감한 나에게 초경량 마이키타 아이웨어들은 특별한 디자인 이상의 만족감을 느끼게 해준다.

"빈티지 스타일의 아이웨어가 대세였던 2009년도에 내가 처음 접한 마이키타는 트렌드와는 무관한 전혀 다른 장르의 브랜드였고 그들이 전달하는 느낌은 정말 신선했다. 강력하게 한 번으로 끝나는 여타 브랜드와 달리 마이키타는 언제나 끊임없는 시도와 창조적 발전으로 나를 흥분시킨다. 만나면 늘 호기심 많은 아이처럼 다른 사람이 쓴 안경을 관찰하고 질문하며, 안경만이 아닌 사람들에 대한 유쾌한 대화를 나누는 그들이 앞으로 얼마나 놀랍고 재미있는 일을 벌일지 기대된다."

- 아이웨어 전문가 파피루스, 서승열

Mykita

2003년 베를린에서 탄생한 아이웨어 브랜드. 혁신적이고 기능적인 디자인은 물론 복잡한 땜질과 나사 연결 작업이 불필요한 신개념 '조인트 콘셉트'라는 독특한 개성으로 주목받고 있다. 마이키타는 수많은 복잡다단한 단계를 거쳐 완성되는 보통의 아이웨어와 달리 독창적인 기술력으로 명성을 쌓아가고 있다. 얇은 특수 강판에서 에칭 기법으로 소재를 도려내고 다리에 연결하는 나사가 필요 없는 새로운 디자인을 고안해 고유의 디자인들을 현실화하고 있다.
mykita.com/en

MANOLO BLAHNIK®
MANOLO BLAHNIK®
MANOLO BLAHNIK®
MANOLO BLAHNIK®
MANOLO BLAHNIK®

MANOLO BLAHNIK®
MANOLO BLAHNIK®
MANOLO BLAHNIK®

MANOLO BLAHNIK®
MANOLO BLAHNIK®
MANOLO BLAHNIK®
MANOLO BLAHNIK®

MANOLO BLAHNIK®
MANOLO BLAHNIK®
MANOLO BLAHNIK®
MANOLO BLAHNIK®
MANOLO BLAHNIK®
MANOLO BLAHNIK®

MANOLO BLAHNIK®
MANOLO BLAHNIK®

하이힐에 대한 숭배

마놀로 블라닉

하이힐을 신어야 한다면 나는 당연히 마놀로 블라닉을 선택할 것이다. 10cm 힐을 온종일 신어도 불편함을 느낄 수 없는 마놀로 블라닉Manolo Blahnik은 체중을 완벽히 분산하는 인체공학적 라스트last(신발 골) 때문에 전 세계 구두를 만드는 사람들 사이에서 '세상에서 가장 귀중한 보석'으로 여겨질 정도로 그 어떤 브랜드와 비교 불가한 브랜드다.

유치원에 다닐 무렵, 엄마 구두를 사러 따라 갔다. 단아한 우리 엄마는 눈송이같이 하얗고 매끈한 디자인의 양가죽 펌프스를 고르셨고, 어린 내 눈에는 그 구두가 세상에서 가장 예뻐 보였다. 그날 이후였을까? 난 신발을 좋아하게 되었다. 초등학생 때는 나이키를 색깔별로 모았고, 교복을 입게 된 고등학생 때부터는 본격적으로 구두에 탐닉하기 시작했다. 1980년대 고등학생에게는 소다Soda가 최고의 구두 브랜드였고, 〈논노non-no〉 같은 일본 패션지에서 마음에 드는 구두 사진을 오려 명동에 가서 맞춤 제작해 신기도 했다. 대학생이 되면서 본격적으로 하이힐 세계에 입문했고, 구두 브랜드에 아주 큰 관심을 가졌다. 구찌Gucci, 프라다Prada, 페라가모Ferragamo, 토즈Tods와 같은 패션 브랜드의 구두 - 물론 페라가모는 구두로 출발한 브랜드지만 - 를 거쳐 마놀로 블라닉을 흠모하게 되었다. 아주 간결한 디자인의 스틸레토stiletto에서 예술 작품에 비견할 만한 다양한 소재를 활용한 멋들어진 구두 컬렉션을 선보이는 천재적인 구두 장인의 브랜드를 거부할 수 있는 여자가 있을까?

디자인은 말할 것도 없이, 참으로 마음 불편한 값비싼 가격과는 정반대로 발은 어찌나 편안한지 한번 발들이면 뺄 수 없는 마약 같은 구두가 바로 마놀로 블라닉이다. '구두 한 켤레를 만들기 위한 나의 정성과 노력을 안다면 마놀로 블라닉이 비싸지 않고 오히려 싸다는 것을 알게 될 것이다'라는 마놀로 블라닉의 강한 자부심은 이 구두를 신어보지 않고는 공감할 수 없다. 50단계의 공정을 거쳐 완성되는 구두 브랜드, 마놀로 블라닉의 수장 마놀로 블라닉은 지금도 여전히 자신의 구두를 직접 스케치하고 컬러와 소재를 고르고, 라스트를 만드는 진정한 구두 장인이다. 〈섹스 앤 더 시티Sex and the City〉의 캐리 브래드쇼Carrie Bradshaw의 집착과 애정에 버금가는 나의 마놀로 블라닉 사랑은 내 신발장에서 확인할 수 있다.

Manolo Blahnik

마놀로 블라닉Manolo Blahnik은 1942년 스페인 태생으로 제네바에서 건축과 국제법을 전공한 무대 디자이너였다. 1971년 영국 <보그Vogue> 편집장 다이애나 브릴랜드 Dianna Vreeland의 추천으로 구두 디자이너로 전업하게 되었다. 1973년 런던 올드 처치 스트리트Old Church St.에 자신의 이름으로 마놀로 블라닉 브랜드를 탄생시켰고, 특히 최초의 스틸레토 힐stiletto heel을 선보여 큰 주목을 받았다. 현재 전 세계 셀러브리티는 물론 패션 잡지들이 극찬하는 이 시대를 대표하는 구두 장인이자 브랜드로 각광받고 있다.

www.manoloblahnik.com

최고 중의 최고

에르메스

Hermès

1837년 티에리 에르메스Thierry Hermès가 설립했다. 말안장과 마구용품을 팔던 상점에서 시작된 에르메스는 1867년 파리 만국 박람회에서 1등을 수상하며, 전 세계 왕실과 귀족들이 애용하는 브랜드가 되었다. 티에리의 아들 에밀 모리스Emile-Maurice가 장인의 수작업만을 고집하는 가죽 부티크로 발전시켰고, 1920년대에는 가방뿐 아니라 실크 스카프와 다양한 액세서리를 선보였다. 1923년 세계 최초로 가방 입구에 지퍼를 단 '볼리드Bolide' 백을 시작으로 '켈리', '버킨' 등 전설과도 같은 최고급 핸드백을 선보이며 전 세계 여자들의 로망이 되었다. 현재에는 패션, 뷰티는 물론 최고급 리빙 컬렉션 '라 메종'까지 선보이는 명실공히 세계 최고의 럭셔리 브랜드로 자리매김하고 있다.

www.hermès.com

초등학생 때 다니던 시청 앞 '백치과' 원장님은 〈라이프LIFE〉를 정기 구독하는 멋쟁이셨다. 진료 대기 시간에는 항상 〈라이프〉를 봤는데, 신간 〈라이프〉를 보고 싶어 치과 가는 일이 기다려질 때도 있었다. 에르메스Hermès '켈리 백Kelly Bag'의 유래가 〈라이프〉로부터라는 건 성인이 되어서 알았다.

1956년 모나코 왕비가 된 영화배우 출신 그레이스 패트리샤 켈리Grace Patricia Kelly가 임신 사실을 감추려고 에르메스의 두 번째 핸드백 '프티 삭 오트 백Petit Sac Haute Bag'으로 배를 가린 사진이 〈라이프〉 표지에 실리면서 큰 화제가 되었고, 후에 에르메스가 왕실의 허락을 받아 '켈리 백'이라 명명한 이래 이는 에르메스의 상징적 제품으로 자리 잡았다.

여자라면 누구나 한 번쯤 꿈꾸는 에르메스 백에 대한 동경은 나라고 예외일 수 없었다. 수많은 남자가 '드림 카'에 대한 꿈을 키우듯 나는 '드림 백'을 갈망했고 그것이 바로 에르메스였다. 10여 년 전 에디터 시절, 에르메스의 장 루이 뒤마Jean-Louis Dumas 회장 인터뷰를 한 적이 있다. 버킨 백Birkin Bag이 너무 갖고 싶었던 서른한 살의 나는 이때다 싶어 '웨이팅 리스트'가 너무 길다고 푸념을 했다. 에르메스 회장님께 직접 말씀드리면 내 앞에 수많은 대기자를 물리치고 내 소원을 이룰 수 있을 줄 알았지만 그것은 내 오산이었다. "미안하다, 어쩔 수 없다." 뒤마 회장님의 반응은 아주 단순했다. 실망했지만 어쩔 수 없었다. 에르메스니까.

스물아홉 살, 결혼과 동시에 보스턴으로 유학을 갔다. 첫 번째 결혼기념일에 남편이 버킨 백을 꼭 사주겠다고 철석같이 약속했는데, 서른 살 뜨내기손님에게 보스턴 포 시즌스Four Seasons 호텔 아케이드의 에르메스 매장은 버킨 백을 주지 않았다. 그 대신 나에게는 '에르 백Her Bag'이 생겼고, 몇 년 후 켈리 백을 그리고 서른네 살 즈음에 정말 운 좋게 첫 번째 '버킨 백'을 서울에서 갖게 되었다. 버킨 백은 켈리 백처럼 프랑스 국민 가수이자 영화배우 제인 버킨Jane Birkin의 이름을 따서 만들었다고 전해진다. 하나를 만드는 데 18시간이 걸리는 버킨 백을 비롯한 에르메스의 가죽 가방은 제작 공정이 100% 프랑스이고, 그것도 에르메스 본사에서 거의 대부분 진행하며, '에르메스 가죽 장인 학교'를 졸업하고 2년 동안의 수련 기간을 거친 장인들만이 가방을 만든다고 한다. 모든 백은 엄선한 가죽 재료가 담긴 트레이가 장인의 작업대로 각각 옮겨져 완성되며, 수십 년 후에도 어떤 백이든 그 백을 제작한 장인의 작업대에서 수선과 부품 교환 등이 이루어진다고 한다.

생애 첫 버킨 백을 가진 이후, 일 년에 여러 개의 백을 사는 대신 하나의 에르메스 백을 구입하기 시작했다. 패션 하우스의 '잇 백'에 더 이상 눈을 돌리지 않고 하나의 에르메스 제품을 구매해서 '평생' 쓰는 것이 10년 전 즈음부터 나의 쇼핑 철학이 되었다. 유행을 타지 않는 영원불멸한 클래식 디자인, 장인의 땀과 정성이 깃든 최고의 소재와 품질이 조화된 브랜드의 명성과 더불어 경제적으로 생각해도 금을 제외하고는 아마 최저감가 브랜드가 아닌가 싶다. 구입과 동시에 가격이 급락하는 대부분의 고가 시계, 주얼리, 핸드백 브랜드와 달리 실질적인 미래 가치가 가장 큰 브랜드라는 뜻이다.

20년째 여름마다 꺼내 신는 에르메스 에스파드리유espadrille는 아직도 너무 멀쩡하고 닳는 기색조차 없다. 하나둘 모은 실크 스카프는 해가 갈수록 고상하고 우아한 느낌이다. 기품 있어 보여야 할 내 나이 여자에게 더없이 필요한 패션 소품인 것이다. 핸드백은 물론 구두도 벨트도 옷들도 시간을 잊은 채 '타임리스 클래식Timeless Classic'으로 대를 물리기에 흠잡을 곳이 없다.

이제 에르메스라는 이름은 패션을 초월한 지 오래다. 177년 전 마구 제작에서 시작한 에르메스의 역사는 어느덧 패션, 뷰티를 넘어 그릇, 패브릭 등의 홈 컬렉션과 가구를 아우르는 리빙 분야 '라 메종La Maison 컬렉션'에 이르러 절정을 보여주고 있다. 시대를 초월한 궁극의 럭셔리 라이프스타일을 상징하는 최고의 브랜드, 에르메스인 것이다.

태양을 피하고 싶어

레이밴

추억의 가족사진 속에 등장하는 아빠의 선글라스는 레이밴Ray-ban이다. 아빠는 에비에이터Aviator와 클럽 마스터Club Master 모델을 좋아하셨는데 어린 눈에도 참 멋진 선글라스라는 생각을 했었다.

1937년 미국 바슈&롬Bausch & Lomb社가 '빛ray을 차단ban한다'는 뜻의 레이밴 선글라스를 공군 조종사들을 위해 첫선을 보여 큰 성공을 거둔 이래 에비에이터 모델은 선글라스의 대명사로 알려져 있다. 아빠의 영향으로 레이밴 선글라스를 착용한 남자가 멋쟁이라고 생각한 시절도 잠시, 1990년대에는 조르지오 아르마니Giorgio Armani, 구찌Gucci, 돌체 앤 가바나Dolce&Gabbana 같은 하이패션 브랜드의 전성기였다. 그 후엔 톰 포드Tom Ford를 비롯한 올리버 피플Oliver Peoples, 미아 패로Mia Farrow 같은 브랜드의 선글라스를 즐겨 착용했다. 이들의 선글라스가 워낙 인기를 끌다 보니 레이밴이라는 브랜드를 살짝 잊고 살았음을 고백한다.

어느 날 갑자기 클래식에 눈뜨면서 '레이밴'을 재발견하게 되었다. 가만히 생각해보니 2007년쯤부터 레이밴 에비에이터가 너무 예뻐 보이기 시작했는데, 만약 선글라스를 딱 하나만 살 수 있다면 이 제품으로 평생을 나야 할 것 같다. 디자인도 디자인이지만, 나이가 들수록 '눈이 보배'임을 깨닫게 되니, 카메라나 현미경에 사용하는 고선명 옵티컬 글라스와 굴절각을 이용해 태양광선을 차단하는 편광렌즈로 제작된 레이밴의 광학적 완성도가 마음을 끈다. 그래서 딸아이를 위한 첫 선글라스도 레이밴으로 구입했다. 클래식 디자인을 그대로 축소한 에비에이터 키즈 모델은 잘 간직했다가 딸아이가 엄마가 되면 미래의 손주에게 꼭 물려줄 예정이다.

Ray-ban

1937년 미국 바슈&롬社가 탄생시킨 아이웨어 브랜드. '빛을 차단한다'는 뜻의 레이밴 선글라스를 공군 조종사들을 위해 첫선을 보인 후 큰 성공을 거둔 이래 특히 에비에이터 모델은 선글라스의 대명사로 알려져 있다. 1999년 이탈리아의 룩소티카Luxottica그룹이 매각한 이후 빈티지 클래식 스타일로 유행을 선도하며 '머스트 해브 패션 아이템'으로 재조명받고 있다.

www.ray-ban.com

VILEBREQUIN
VILEBREQUIN
VILEBREQU

거북이 중에 제일 멋진 거북이

빌브레퀸

지난 11년 동안 딸 가진 엄마가 된 것이 무엇보다 행복했다. 뭐든지 해주고 싶은 엄마의 마음이란 세상에 예쁜 것만 보면 다 사주고 입혀보고 싶은 것인데 여자이기에 양보해야 했던 브랜드가 있었다. 딸과 같은 나이인 남자 조카가 세 살 때부터 아빠와 함께 커플 수영복을 입은 모습이 너무 귀엽고 부러웠지만 아쉽게도 여아용과 여성용은 판매되지 않았던 것이다. 파란 직사각형 안에 흰색 서체로 발음하기도 어려운 프랑스어가 쓰여 있는, 로고까지 멋들어진 이 비범한 브랜드의 정체는 바로 '빌브레퀸Vilebrequin'이다.

'아빠처럼, 아들처럼Like a Father, Like a Son'이라는 특별한 콘셉트로 행복한 부자간의 완벽한 리조트 룩을 연출할 수 있는 프랑스 브랜드다. 주변 친구들 중 아들 둔 이들은 마치 남자 패션의 공식이기라도 한 듯 어린 아들과 남편에게 세트로 빌브레퀸 서퍼 쇼츠surfer shorts를 입혔다. 물론 세련된 남자들도 빌브레퀸 수영복 하나씩은 다 갖고 있는 듯했다. 그러나 여자라서 잠깐 잊고 살았다. 아니 잊고 싶었다. 가질 수 없는 꿈 같아서.

2014년 7월, 한여름 밤의 꿈처럼 빌브레퀸이 다가왔다. 한국 공식 론칭 홍보를 맡게 된 것이다. 우선 프레스들의 관심이 대단했다. 기다렸다는 듯 빌브레퀸의 한국 진출을 환영했다. 폭우가 쏟아졌지만 신라호텔 어반 아일랜드Urban Island에서 진행한 야외 론칭 행사 역시 성공적이었다. 전 세계의 진귀한 브랜드만 골라 한국 시장에 론칭하는 것으로 정평이 나 있는 BMK Ltd.의 박찬근 대표님의 예상이 적중했다. 한국에서 가장 고급스러운 서울과 제주의 신라호텔 야외 수영장에선 빌브레퀸 팝업 스토어가 여름 내내 열렸다. 전 세계의 이름난 리조트에서는 이미 빌브레퀸이 대세인 지 오래다. 실제로 팝업 스토어에 들른 많은 손님이 이제 한국에서 구입할 수 있다고 좋아하는 모습을 직접 보았다.

1971년, 지중해의 낭만과 멋의 상징과도 같은 프랑스 남부의 작은 항구도시 생트로페Saint-Tropez에서 프레드 프리스켈Fred Prysquel에 의해 탄생한 빌브레퀸은 전 세계 유일의 하이엔드high-end 리조트웨어 브랜드로 평가받으며 명성을 얻고 있다. 남자 수영복의 역사를 바꾼 스피너커spinnaker(요트의 돛) 소재의 세계 최초 쇼츠 스타일 수영복으로 출발하여, '생활 속 예술Art de Vivre'을 모토로 세련되고 고급스러운 신개념 리조트 룩을 선보이는 빌브레퀸은 매 시즌 시선을 사로잡는 독창적인 프린트와 패턴의 남녀 컬렉션을 소개하며 큰 사랑을 받고 있다.

빌브레퀸의 시그너처signature로 유명한 모레아Moorea 라인은 물론 빌브레퀸의 브랜드 심벌인 바다거북 모티프 쇼츠, 형형색색의 꽃, 과일, 동물 모티프를 매력적으로 디자인한 다양하고 컬러풀한 수영복과 쇼츠 컬렉션, 그리고 클래식하면서도 감각적인 티셔츠, 폴로셔츠, 재킷, 베스트와 팬츠는 멋진 리조트웨어인 동시에 도심의 위크엔드웨어weekend wear로도 더할 나위 없이 근사하다.

빌브레퀸의 모든 디자인은 장인의 수작업으로 시작해 현대 인쇄 기술을 통해 완성되어 고품질의 소재와 조화를 이룬다. 특히 2013년부터 엄마와 딸도 같은 프린트와 컬러로 입을 수 있는 여성용 컬렉션을 선보여 이제 우리 딸도 빌브레퀸을 입을 수 있게 되었다. 2014년 여름 유빈이는 브랜드의 상징 바다거북이 새겨진 쇼츠를 입고 운동도 하고 사랑스러운 수영복 원피스를 입고 물속에서 신나게 놀았다.

이 브랜드를 더욱 가치 있게 하는 것은 환경보호에 대한 각별한 사명감이다. 빌브레퀸은 창립 40주년을 맞아 바다의 생명을 보호하고, 특히 브랜드의 심벌인 '바다거북'에 대한 각별한 사랑을 담은 캠페인 '플랜트 어 피시Plant a Fish(www.plantafish.org)' 활동을 적극 후원하며 전 세계적으로 진행하고 있다. 멸종 위기에 처한 바다거북 대모(玳瑁, 학명:Eretmochelys Imbricata)를 지키고 번성시키는 것이 빌브레퀸의 임무다. 서울에서는 빌브레퀸의 '모레아' 라인 중 바다거북과 세계지도가 프린트되어 있는 '마페몬도Mappemonde'를 구입하면 10달러가 자동 기부된다.

Vilebrequin

1971년 프랑스 생트로페Saint-Tropez에서 탄생한 빌브레퀸은 남자 수영복의 역사를 바꾼 브랜드. 스피너커spinnaker소재의 세계 최초 서퍼 쇼츠 스타일 수영복으로 출발하여, '생활 속 예술Art de Viver'콘셉트의 세련되고 고급스러운 신개념 리조트 룩을 선보이고 있다. 매 시즌 시선을 사로잡는 독창적인 프린트와 패턴의 남녀 컬렉션을 소개하며, 특히 아빠와 아들, 엄마와 딸이 함께 세트로 입을 수 있는 특별한 패밀리 룩을 선보이는 프리미엄 라이프스타일 웨어로 진화 중이다.

www.vilebrequin.com

37 BIRKE
240
Made

히피, 슈퍼모델이 되다

버켄스탁

1990년대 초 대학생들 사이에서는 유럽 배낭여행 붐이 일었다. 루브르 박물관Musée du Louvre에 걸린 레오나르도 다빈치Leonardo da Vinci(1452~1519)의 '모나리자'를 처음 봤을 때의 벅찬 감동, 영화 〈로마의 휴일Roman Holiday〉의 오드리 헵번Aurdrey Hepburn(1929~1993)처럼 팔라초 델 프레도 젤라토Palazzo del freddo gelato를 먹으며 거닐던 스페인 광장에서의 아름다운 추억과 함께 유럽의 오래된 돌길들의 아픈 기억도 있었다. 그 당시 관광객 티가 나지 않는 현지인 같은 스타일 여행을 추구하던 겉멋 넘치는 여대생은 운동화 대신 여러 켤레의 펌프스pumps와 샌들을 갈아 신으며 도시들을 누볐었다. 어김없이 저녁이면 발이 너무 아팠지만, '룩look'을 포기할 수 없었던 내 눈에 어느 날 참 못생긴 신발이 들어왔다. 미국에서 온 히피 같은 여행객들이 약속이나 한 듯 신고 있던 투박하고 못난 샌들, '버켄스탁Birkenstock'이었다. 지금의 남편이 미국에 살 때 반바지를 입고 밤에 산책을 가거나 장을 볼 때 신던 그 미운 신발도 버켄스탁이었다. 평생 신을 일 없을 것 같았던 버켄스탁이 어느덧 패션 아이템으로 급부상하다니 '복고의 재발견'이란 놀라운 것이 아닐 수 없다.

의료용 신발에서 패션 아이콘으로 버켄스탁의 영화 같은 신분 상승을 주도한 건 1990년 대 후반 패션 디자이너 나르시소 로드리게즈Narciso Rodriguez였다. 밀라노 컬렉션을 통해 버켄스탁 신드롬을 일으킨 그 덕분에 구식 샌들은 단숨에 패션지에 단골로 등장하는 유행 아이템으로 등극했다. 2003년 슈퍼모델 하이디 클룸Heidi Klum이 버켄스탁에 인조 보석을 화려하게 장식한 '하이디 클룸 컬렉션'을 선보이면서 이 유행은 절정에 달하는 듯했고, 2010년 이후에도 여전히 셀린Cèline의 피비 파일로Phoebe Philo를 필두로 가장 주목받는 디자이너들의 런웨이에 지속적으로 등장하며 그 식지 않는 인기를 과시하고 있다.

열한 살 딸아이도 나와 함께 여름마다 버켄스탁 화이트 지제gizeh를 열심히 신고 다닌다. 유행에 민감할 나이가 아님에도 버켄스탁 신은 모습을 본 내 주변 사람들의 칭찬도 한몫해서 기분 좋았을 것 같고, 무엇보다 중독적인 편안한 착용감이 한번 신으면 쉽게 못 벗는 것 같다. 역시 세상은 오래 살고 볼 일이다.

Birkenstock

1896년 독일, 장인 콘라드 버켄스탁Konrad Birkenstock에 의해 탄생한 신발 브랜드. 아치형 밑창과 코르코cork 제조 공법, 코르크 라텍스Cork-Latex라는 혁신 소재가 조화된 브라운 슈즈 브랜드로 230여 년간 명성을 얻고 있다. 자신의 발에 꼭 맞는 신발을 신을 수 있게 고안된 2종의 볼 너비를 가진 풋베드footbed가 인체공학적 형태를 보존하여 '가장 편안한 신발'을 추구한다.
www.bkkr.com

지구를 생각하는 달콤한 업사이클링

주스 백

수년 전, 지인의 소개로 한 여성을 만났다. 그녀는 WHO(국제보건기구)에 근무하시는 아버지 덕분에 필리핀을 자주 방문하다가 알게 된 좋은 브랜드가 있어 한국에 론칭하려 한다고 했다. 버려진 주스 팩들을 수거하여 가방으로 만드는 친환경 브랜드 '주스 백Juice Bag'이었다. 개인적으로 매우 흥미로운 브랜드였기에 흔쾌히 론칭 작업을 시작했고, 이른바 세계적으로 이름난 프리미엄 브랜드들하고만 일해온 우리 회사에겐 아주 신선한 프로젝트이기도 했다. 3개월이라는 단기 집중 홍보를 통해 주스 백은 적어도 강남에서 크게 유행을 했다. 이 브랜드의 의식 있는 탄생 취지에 공감한 주요 잡지들이 비중 있는 기사를 다루어 준 덕을 톡톡히 보았다. 여름 동안 버킷 백 대신 주스 백을 든 세련된 여자들을 곳곳에서 만나게 되는 보람을 느꼈다. 최근에는 청담 SSG마켓에 갈 때마다 한편에서 판매되고 있는 주스 백을 볼 수 있다.

주스 백의 모든 제품은 100% 핸드메이드로, 망고, 구아바, 파인애플 등 다양한 맛에 따른 다양한 색깔을 가진 주스 팩들의 무한한 조합과 섬세한 위빙weaving 작업으로 만들어져 이 세상에 하나뿐이라는 특별함이 더해진다. 정교한 수작업으로 겹겹이 접고 일일이 엮어서 제작하기 때문에 내구성이 좋으면서도 가볍고 방수력이 뛰어나다. 바캉스용으로 제격인 버킷bucket백을 비롯한 숄더백, 토트백 그리고 다용도 파우치에 이르는 다양한 아이템으로 만날 수 있다. 평소 친환경주의자로 잘 알려진 앤절리나 졸리Angelina Jolie를 비롯한 의식 있는 할리우드 스타들도 애용하는 주스 백을 구입하면 크리에이티브 리사이클링Creative Recycling에도 참여하고 불우한 필리핀 여성들도 후원할 수 있다. 평생 쓸 수 있는 좋은 브랜드란 꼭 값이 비싸야 하는 것도 유달리 유명해야 하는 것도 아니다. 본연의 가치보다 중요한 것은 없다.

Juice Bag

2006년 필리핀 마닐라의 여성조합 바주라 비즈Bazura Biz는 'Cleaning & Greening the Neighborhood'라는 취지 아래 자연 분해되지 않아 환경을 오염하는 주스 팩을 엮어 만든 환경 친화적인 액세서리 브랜드를 탄생시켰다. 주스 백은 환경적인 차원 외에도 소외된 빈민 지역에 안정적인 일자리를 제공함으로써 생활에 직접적인 도움을 주고 있는 착한 핸드백이기도 하다. 버려진 것에 새로운 삶을 불어넣어 환경과 커뮤니티를 동시에 살리는 의미 있는 시도인 것이다.
www.bazurashop.com

아마조네스의 자유와 열정

하바이아나스

1990년대 말 미국 동부의 여름, 금발을 휘날리며 탱크 톱에 플립플롭flip-flop을 신고 거리를 활보하는 여자들이 부러웠다. 당시 최고의 잇 백이었던 각양각색의 케이트 스페이드Kate Spade 토트백을 들고 아주 납작하고 컬러풀한 플립플롭을 신은 그녀들이 어찌나 시크해보이던지.

제이크루J.Crew의 카탈로그에 여름이면 어김없이 등장하는 레인보 컬러의 플립플롭을 색깔별로 사고 싶었지만, 지금과 달리 15여 년 전의 서울은 '쪼리'를 신고 돌아다니기엔 다소 보수적이며 엄격한 예의가 존재하는 도시였다. 그러나 날로 뜨거워지는 태양은 결국 서울의 여자들에게도 변화를 선물했고, 편의점에 간식을 사러 갈 때 잠깐 신고 숨겨놓을 슬리퍼나 스포츠 브랜드의 로고가 커다랗게 박힌 것이 아닌 패셔너블한 플립플롭에 대한 니즈가 생겨났다.

5~6년 전, 내 마음에 쏙 드는 플립플롭을 싱가포르에서 발견했다. 모든 것이 모여 있는 오차드 로드Orchard-Road의 어느 쇼핑몰을 지나다 우연히 온갖 종류와 컬러의 플립플롭이 진열된 한 매장을 발견한 것이다. 나의 선택은 7cm 높이의 매트 골드 컬러 플립플롭. 다양한 높이와 디자인, 컬러 그리고 크리스털 같은 장식적인 요소까지 갖춘 감각적인 플립플롭 컬렉션을 선보이는 브랜드는 바로 하바이아나스Havaianas였다. 범상치 않다고는 생각했지만, 서핑 브랜드 중 하나일 거라고 생각하고 고민 없이 구입해 아주 편하게 4년이나 신었다. 한화로 4만~5만 원 정도였던 것 같은데, '쪼리'를 오래 신으면 발가락 사이가 아프다는 선입견을 없애준 정말 착용감이 좋은 제품이었다. 몇 번 신으면 고리 부분이 망가지는 평범한 플립플롭과는 달리 내구성 또한 매우 뛰어났다.

그런데 알고 보니 하바이아나스는 평범한 브랜드가 아니었다. 나보다도 나이가 많은 브랜드, 브라질에서 탄생한 50년이 넘은 역사를 자랑하는 플립플롭의 아이콘이었다. 2013년 하바이아나스 시즌 프로젝트로 잡지 광고 업무를 대행하면서 얻은 정보는 이 브랜드의 진정한 가치를 깨닫게 해주었고, 같은 해의 〈월페이퍼Wallpaper〉 등 글로벌 매거진 이슈들을 통해 소개된 매력 만점의 광고 비주얼은 하바이아나스를 재발견하는 계기가 되었다. 더욱이 '아마존 보호'에도 일조하고 있는 기특한 브랜드다.

Havaianas

1962년 브라질에서 탄생한 플립플롭의 아이콘 '하바이아나스'는 포르투갈어로 '하와이 사람'이란 뜻이다. 천연 고무 소재와 마음을 사로잡는 매력적인 컬러, 감각적인 디자인의 조화로 사랑받고 있는 하바이아나스. 미국, 유럽, 브라질은 물론 전 세계 85개국에서 판매되고 있는 플립플롭의 대명사이며 아마존 보호 기금으로 판매 금액의 7%를 사용하고 있는 착한 브랜드이기도 하다.

www.havaianas.com

swatch
SWISS
MON 17

시계에도 유니클로가 있다

스와치

나의 첫 손목시계는 멀리 디즈니랜드에서 온 미키 마우스 시계였다. 다섯 살 사진에 차고 있던 시계는 실제 기억에는 없어서, 초등학생 때 차던 오리지널 빈티지 미키 마우스 시계만 생각난다. 지금까지 잘 가지고 있다가 딸한테 물려줬으면 좋으련만 안타깝게도 온데간데없었다. 중학생이 되면서 그 시계가 갑자기 너무 유치해 보여 책상 속에 굴리다가 사라진 것 같다. 역시 철없는 나이였다.

중학교 3학년 무렵, 갑자기 세련된 스와치Swatch 시계에 눈뜨면서 다른 시계가 다 미워 보였다. 지금의 갤러리아백화점 맞은편에 '타임월드'-기억은 가물가물하지만-라는 스와치 셀렉트 숍select shop이 있었는데 용돈만 모이면 친구들과 반포에서 택시를 잡아타고 스와치를 사러 갔었다.

간결한 초박형 디자인의 다양한 컬러가 조화된 합리적인 가격에 정확성까지 지닌 '메이드 인 스위스' 시계, 특히 시계의 부품이 훤히 들여다보이는 스와치 누드 모델은 멋 부리기 좋아하는 여고생에게 최고의 액세서리였다. 대학교 입학 선물로 좋은 시계를 받으면서 스와치에 대한 애정도 예전 같지 않아졌지만 그때 모은 스와치 시계들은 아직도 잘 간직하고 있고, 지금도 새 모델이 나올 때마다 하나씩 구입하곤 한다.

스와치의 오리지널 모델 '젠트Gent'의 진화형으로 더없이 정제된 디자인의 뉴 젠트 컬렉션은 여전히 색깔별로 모으고 싶은 완소 아이템이다. 남편 역시 스와치 마니아로서 오랜 세월 함께해온 다양한 모델들을 소장하고 있다. 시대를 초월한 클래식한 디자인과 높은 품질에 비한다면 놀랍게 합리적인 가격의 스와치는 이미 내 딸에게 고스란히 물려주었다. 투명 케이스에 잘 보관한 스와치는 고장조차 나지 않는다. 물론 그녀에게 스와치는 '멋진 시계!' 그 자체다. 아름다운 대물림이란 이런 것이 아닐까. 그뿐인가, 잠실 한강 둔치에서 열렸던 07 SWATCH-FIVB 비치발리볼beach volleyball 월드 투어 코리아오픈 기념 프레스 이벤트, 크리스마스 컬렉션 론칭 이벤트 등 브랜드 스페셜리스트로 산 10년 동안 스와치와 함께한 재미있는 프로젝트들도 잊을 수 없다.

Swatch

1983년 니콜라스 하이에크Nicholas Hayek가 설립한 스위스 시계 브랜드. 저렴한 플라스틱 소재, 51개의 간소한 부품, ETA 무브먼트movement(시계 내부의 기계를 총칭하는 언어), 그리고 머니멀한 디자인과 다양한 컬러가 조화된 합리적인 가격의 초박형 패션 시계를 탄생시켜 시계 산업의 혁신을 추도했다. 밸런타인데이, 크리스마스 같은 시즌 컬렉션은 물론 세계적인 아티스트 컬래버레이션 컬렉션 출시 등을 통해 지속적으로 화제를 낳고 있다.
www.swatch.com

BARENA

멋 내지 않은 듯한 진짜 멋

바레나

어느 날, 엄마가 우리 강아지 희로에게 하는 말씀을 우연히 들었다. "희로야, 너도 너희 엄마 닮아서 옷이 참 많구나!" 뜨끔해서 속으로 많이 웃었다.

옷을 정말 좋아하지만, 이제 아무 옷이나 좋아하지는 않는 것 같다. 나이가 들수록 자신을 잘 알게 되니 옷을 살 때 더 신중해지고 엄격해진다고나 할까? 세일한다고 무작정 사는 일은 더더욱 없다. 특히 파격 세일 때 산 옷은 잘 안 입을 확률이 더 높다는 걸 체득 후로는 좀 비싸더라도 정말 마음에 드는 옷, 오래 입을 옷을 구입한다.

그리고 멋 내지 않은 듯 멋이 나는 옷이 좋다. '바레나Barena'처럼 말이다. 고정관념을 벗어난 '비구조적 재단unstructured tailoring'의 아름다움과 편안함, 실용성을 보여주는 바레나의 재킷과 코트들은 '스프레차투라sprezzatura'라는 이탈리아어처럼 '애쓰지 않아도 드러나는 최고의 세련미'를 보여준다. 각 잡힌 옷이 아니라 삶의 여유로움이 묻어나는 단순하면서도 자연스러운 디자인, 몸에 착 감기는 편안함은 유행과는 무관한 진정한 멋을 선사한다.

1961년, 이탈리아 베네치아Venezia에서 탄생한 바레나는 이 지역 사람들이 즐겨 입는 고유의 패션 스타일에서 큰 영향을 받았다고 한다. 컬렉션의 다수는 박물관이나 재래시장 또는 책에서 발견한 오래된 옷들을 재해석해 고품질의 양모와 리넨 등 천연 소재로 만들어내는 흥미로운 브랜드다.

그러나 보통 키에 평생 XS 사이즈인 나의 체구로 바레나 컬렉션만 고집하기엔 무리가 있어 바레나가 아주 잘 어울리는 사람들을 부러워하며 살기로 했다. 참고로 이 책의 사진들을 찍어준 포토그래퍼 이상천 실장 또한 바레나의 피코트pea coat를 입을 때가 1년 중 제일 멋있는 것 같다. 옷에 관심이 많은 분이 아닌데, 깜짝 놀라게 준수해 보였던 그날 그는 '바레나 맨'이었다.

Barena

1961년 이탈리아 베네치아의 전통 직물을 연구하던 산드로 자라Sandro Zara가 설립했다. 바레나는 '가장 특별한 옷은 좋은 원단으로 만들어진다'라는 철학 아래, 양모와 리넨 등 엄선한 최고급 천연 소재만 고집하는 브랜드다. 크리에이티브 디렉터 마시모 피고초Massimo Pigozzo의 엄격한 작업의 결과로 베네치아의 전통에서 영감을 받은 심플하면서도 편안하고 세련된 모던 이탈리언 컬렉션을 선보이고 있다.

www.barenavenezia.com

J BRAND

클래식 리틀 블랙 진의 창조자

제이 브랜드

지금 20~30대는 듣지도 보지도 못했겠지만, 초등학교 시절에는 '죠다쉬Jordache' 청바지가 프리미엄 진의 대명사였다. 뒤를 이어 '써지오 바렌테Sergio Valente', '마리떼 프랑소와 저버Marithe Francois Girbaud', '캘빈 클라인Calvin Klein', '게스Guess' 등 1980~1990년대를 풍미한 고가 청바지 브랜드들이 존재했다. 물론 리바이스Levi's501은 영원한 클래식 진의 상징으로 기본 한두 벌쯤은 갖고 있어야 했다.

1990년대 초, 대구에 사는 친구들끼리 돈을 모아 한 명이 대표로 서울에 와 게스 쇼핑을 하던 기억이 생생한데, 해외 직구로 원하는 브랜드를 지구 끝에서도 구할 수 있는 지금과 비교하면 격세지감이 느껴진다.

한때 조르지오 아르마니, 샤넬, 돌체 앤 가바나, 크리스찬 디올 같은 하이패션 진의 전성기도 있었지만 지금은 다시 프리미엄 진 브랜드들의 시대가 이어지고 있다. 프리미엄 진 브랜드 역시 시대의 유행에 민감해 얼 진Earl Jeans, 허드슨 진Hudson Jeans, 트루릴리젼True Religion, 세븐 진Seven Jeans, 조 진Joe's Jeans 등이 10년도 안 되어 존재감이 미미해졌고, 지금도 물론 계절이 바뀔 때마다 일일이 기억하기도 힘든 또 다른 프리미엄 진 브랜드들이 생겨나고 있다.

하지만 제이 브랜드J Brand는 뭔가 다르다. 2004년 바니스Barneys 뉴욕에서 발견하자마자 스키니 진skinny jeans과 플레어 진flare jeans을 구입했는데 너무 두껍지도 얇지도 않은 딱 적당한 소재감과 인체공학적인 착용감, 그리고 눈에 띄지 않는 클래식한 디자인이 딱 내 스타일이기에 10년 가까이 제이 브랜드를 고집하고 있다.

너무 다행스럽게 론칭 이후 제이 브랜드는 프리미엄 진의 클래식 브랜드로 견고하게 자리를 잡은 듯하다. 자유로운 캘리포니아 출신의 제이 브랜드는 스키니 진의 세계적 유행을 이끌었고, 프로엔자 슐러Proenza Schouler, 크리스토퍼 케인Christopher Kane 같은 리딩 디자이너들과의 지속적인 협업으로 그 유명세를 이어가고 있다.

J Brand

2004년 CEO 제프 루즈Jeff Rudes가 LA에서 탄생시킨 컨템퍼러리 패션 브랜드. 특히 데님 브랜드로 잘 알려져 있다. 청바지를 입은 모습이 아름답게 보일 수 있고 유행을 타지 않으며, 클래식하고 세련되며 인체공학적 착용이 편안한 여성용 진 컬렉션을 선보여 주목받게 되었다. 2008년부터는 남성용 컬렉션도 선보이고 있다. 현재 전 세계 25개국에서 사랑받는 글로벌 브랜드로 성장했다.
www.jbrandjeans.com

악어의 왕국

콴펜

벌써 10년 전이다. 편집장에서 브랜드 스페셜리스트로 과감하게 전업을 했다. 오랫동안 잡지를 만들다 보니 광고, 홍보라는 분야에 호기심이 생겼고 우연한 기회에 뷰티 브랜드 광고 기획 및 제작 작업을 하면서 자연스럽게 새로운 직업에 안착하게 되었다. 사실 멋모르고 사업을 시작했는데 3개월쯤 지나 콴펜Kwanpen이라는 싱가포르 악어 브랜드의 한국 브랜딩 전체를 맡게 되었다.

콴펜 코리아의 에이전트인 홍콩 교포 케니 킴의 무한 신뢰 속에 의기투합해 '브랜딩branding' 세계에 발을 들였고, 요란한 광고나 홍보와는 무관하게 그저 장인 정신으로 좋은 제품을 만드는 데에만 몰입하고 있던 이 브랜드를 한국 시장에 맞게 포장하고, 미디어와 대중에게 알리고 소개하는 일을 3년 이상 했다. 이 꿈같은 기회를 통해 프리미엄 브랜드의 IMCIntegrated Marketing Communication 전략 수립 및 수행력을 인정받았고, 특히 글로벌 럭셔리 브랜드의 론칭 스페셜리스트로 자리매김하는 계기가 되었다고 생각한다.

30대 초반의 초보 사업가에게 큰 기회를 주신 케니 킴에게 다시 한 번 진심으로 감사의 마음을 전하고 싶다. 새파란 시절 '악어 백'이라는 최고급 제품을 브랜딩하면서 정말 많은 것을 배웠다. 특히 아이비리그 출신의 영민한 CEO 케니 킴은 누구보다 해박한 진정한 '악어 전문가'였고 그를 통해 '악어에 대한 모든 것'을 습득했다고 믿어 의심치 않는다.

세상에는 비싼 악어 브랜드가 많지만, 적어도 내가 체득한 콴펜은 정말 좋은 브랜드다. 지난 80여 년 동안 콴펜이 창조해낸 악어 핸드백의 신화는 비교할 수 없이 독보적이기 때문이다. 수십 년 동안 유럽 명품 브랜드들의 최고급 시그너처 악어 핸드백 라인을 OEMOriginal Equipment Manufacturer 방식으로 제작 공급했던 노하우를 바탕으로 훌륭한 품질과 아름다움을 지닌 악어 백을 선보이고 있다. 엄선한 악어의 센터 가죽만을 이용해 세계 최초로 주름 잡힌 악어 백을 탄생시킨 브랜드도, 레인보 컬러 악어 핸드백을 선보인 패션 하우스도 콴펜이라는 것을 기억하자. 또 2년 이상의 긴 기다림을 통해서만 소유할 수 있는 영롱한 광채를 자랑하는 바다악어가죽 소재의 하이글로스high-gloss 백도 주목할 것. 길이 6m, 무게 200kg에 이르는 성질 사나운 바다 악어를 아주 섬세한 가공 과정을 거쳐 매끈하고 정교한 스케일이 돋보이는 제품들로 탄생시키는 것도 콴펜만의 노하우다.

그렇게 10년이 흘러 어느새 빈티지가 되어버린 나의 캐멀 컬러 무광 악어 백을 볼 때마다 감회가 새롭다. 나는 어느새 40대 중반이 되어가고 있는데, 내 악어 백은 세월을 거꾸로 먹는 듯 여전히 고혹적이며 오히려 더 우아해져 있다. 심지어 악어 소재의 희소성 때문에 오히려 가치가 상승된 느낌.

Kwanpen

1938년에 싱가포르에서 탄생한 80여 년 전통의 악어가죽 전문 브랜드. 수십 년 동안 유럽 명품 브랜드들의 최고급 시그너처 악어 핸드백 라인을 OEM 방식으로 제작 공급했던 노하우를 바탕으로 절대적인 품질과 아름다움을 지닌 악어 백을 선보이고 있다. 소재 선정에서 디자인, 생산에 이르는 전 과정이 브랜드 내부에서 원스톱으로 이루어진다. 엄선한 악어의 센터 가죽만을 이용해 세계 최초로 주름 잡힌 악어 백을 탄생시켰고, 레인보 컬러 악어 핸드백을 선보인 브랜드로 잘 알려져 있다.
www.kwanpen.com

BURBERRY

트렌치코트의 공식

버버리

'바바리'라고 부르던 트렌치코트는 '버버리Burberry'였다. 엄마도 아빠도 가을이면 공식처럼 개버딘gabardine 소재, 베이지 컬러의 클래식 버버리를 입으셨다. 엄마는 레드 트렌치코트도 갖고 계셨는데 그 화사함은 어린 눈에도 인상적이었다. 1990년대 초 대학교를 다닌 나는 '조르지오 아르마니Giorgio Armani'의 열렬한 추종자로서 '체크'보다는 '독수리'에 마음이 갔다. 1998년 스텔라 테넌트Stella Tennant가 버버리 광고에 등장하기 전까지 버버리는 부모님의 옷이었다. 마리오 테스티노Mario Testino가 촬영한 매혹적인 광고 비주얼 덕분에 난생처음 버버리 욕심이 생겼다. 썩 잘 어울리지는 않았지만 버버리 트렌치코트를 입고 나도 드디어 가을을 맞이했다. 버버리 프로섬Prorsum이라는 근사한 컬렉션 말이다.

버버리의 진짜 뮤즈는 다이애나 왕세자 같은 영국 왕실 가족이 아니라 모델 케이트 모스Kate Moss였다. 당시 크리에이티브 디렉터였던-지금은 CEO인-크리스토퍼 베일리Christopher Bailey의 예상은 적중했다. 세상에서 가장 시크한 여자가 버버리 모델이 되자, 우리는 모두 버버리를 다시 꺼내 입어야만 했다. 펑키한 모델 아기네스 딘Agyness Deyn마저 소화하는 버버리 없이 패션을 얘기할 순 없었다.

사실 아무리 멋지더라도 165cm가 안 되는 나에게 트렌치코트는 잘 안 어울린다. 그래서 대리만족으로 버버리 칠드런Burberry Children의 트렌치코트를 딸에게 계속 입히고 있다. 54장의 조각, 36개의 단추, 4개의 버클, 4개의 금속 고리 등 재단은 물론 디테일까지 성인의 그것과 똑같은 아동용 트렌치코트는 아이들에게 훌륭한 바람막이이며 한번 구입하면 버버리만의 수선 애프터서비스로 적어도 3년은 입을 수 있는 제법 실용적인 아우터outer다.

Burberry

1856년 토머스 버버리Thomas Burberry에 의해 탄생한 영국의 럭셔리 브랜드. 남성복, 여성복, 아동복, 액세서리는 물론 향수, 뷰티 제품까지 선보이고 있다. 브랜드의 상징과도 같은 전설적인 개버딘 소재의 레인코트와 트렌치코트는 일반명사화되어 세계적으로 각인되어 있다.
www.burberry.com

기본에 충실하기
유니클로

유니클로에 대한 첫인상은 아련하다. 누군가 "무슨 브랜드를 좋아 하세요"라고 물으면 "유니클로Uniqlo"라고 단숨에 대답하면서도 첫 만남에서의 전율 같은 건 떠오르지 않는다. 그러나 불꽃같은 남녀 간의 사랑이 쉽게 사그라지듯 브랜드에 대한 사랑도 다르지 않다면 유니클로에 대한 내 사랑은 세월이 갈수록 깊어지는 진실한 사랑이다. 영원히 변치 않을 아주 특별한 사랑인 것이다. 이 브랜드를 만나기 전 나는 카사노바 같았다. 무수한 브랜드들과 끝도 없는 만남과 사귐, 이별을 반복했었다. 아마 내가 무엇을 진짜 좋아하는지, 나에게 무엇이 진짜 어울리는지 몰라서였을 것이다.

조르지오 아르마니에 빠져 있던 1990년대 초, '입체 재단draping'이 화두였다. 좋은 옷이란 디자인, 소재는 물론 패턴과 재단이 우수해야 한다고 옷 좀 좋아한다는 우리는 아르마니를 신봉했었다. 조디 포스터Jodie Foster가 탐닉했고, 슈퍼모델 송경아 정도가 아니면 멋지게 소화할 수도 없는 안 어울리는 옷을 정말 짝사랑했었다. 아르마니의 시대를 거쳐 구찌Gucci, 프라다Prada, 돌체 앤 가바나Dolce & Gabbana, 지아니 베르사체Gianni Versace, 질 샌더Jil Sander에게 지갑을 바쳤었다. 지금 생각해보면 실소가 나올 지경이지만 20대 후반, 30대 초반에 나의 옷사치는 경이로울 수준이었다. 체형의 결함을 보완해줄 수 없는 미국 디자이너 브랜드들과는 다행히도 많은 교류가 없었으나, 이 세상에 이름 좀 알렸다는 웬만한 디자이너 브랜드와는 거의 다 친분을 쌓고 아방가르드에 빠져 꼼 데 가르송Comme des Garçons, 요지 야마모토Yohiji Yamamoto는 물론 릭 오웬스Rick Owens까지 섭렵하며 동서양을 넘나들다 보니 확실히 '눈'과 '취향'은 생긴 것 같다. 좋은 브랜드를 알아보는 안목眼目 말이다.

며칠 전, 친한 주얼리 디자이너와 점심을 먹으며 도미니크 로로Dominique Loreau의 '심플하게 산다L'art de la simplicite'를 예찬했다. 앞으로는 그녀같이 '절제된 소비지양적 삶'을 추구해야겠다는 나의 다짐 앞에서 "넌 2만 원짜리 옷을 입어도 멋져!"라고 언니가 칭찬해주었다. 그렇다, 그날 나는 에어리즘AIRism부터 쇼츠shorts까지 유니클로를 입고 있었다. 정말 2만 원짜리 옷 말이다. 캘빈 클라인부터 한로Hanro, 라펠라La Perla까지 온갖 이너웨어 브랜드도 다 입어봤지만 유니클로 이너웨어가 정말 좋다. 봉제선이 없는 심리스seamless 컬렉션은 착용감도 좋지만 '옷태'를 위한 필수품이다. 캐시미어 컬렉션은 어떤가. 9만9000원으로 이렇게 고급스러운 캐시미어 컬렉션을 만들 수 있는 브랜드가 어디 있을까. 히트텍heattech 없는 겨울은 상상할 수도 없다.

SPASpecialty store retailer of Private Appare 브랜드라고 다 같은 것은 아니다. 같은 2만 원으로 일회용 제품 같은 '패스트 패션'을 선보이는 브랜드들이 대부분이지만, 몇 년을 두고 입을 수 있는 '클래식 패션'을 선보이는 멋진 브랜드 유니클로가 있기 때문이다. 멋쟁이가 되고 싶다면 한 시즌 유행만 알아서는 곤란하다. '기본에 충실하기'라는 101원칙은 패션에도 분명 적용된다. 베이식을 멋스럽게 소화할 줄 알아야 진짜 멋쟁이다. 패션에 자신이 없다면 유니클로부터 시작하라. 절제된 세련미를 배울 수 있을 것이다.

Uniqlo

유니클로는 1949년 야나이 다다시Yanai Tadashi가 지방 의류 매장으로 시작한 이후 1984년 일본 히로시마Hiroshima 후쿠로마치Fukuromachi에 1호점을 열며 글로벌 브랜드로 성장한 의류 브랜드. 특히 1호점은 '유니크 클로싱 웨어하우스Unique Clothing Warehouse'라는 이름의 창고 같은 인테리어, 저렴한 가격, 아침 6시 오픈 등 차별화 전략으로 인기를 끌었다. '옷을 바꾸고, 상식을 바꾸고, 세상을 바꾼다Changing clothes. Changing conventional wisdom. Change the world'라는 슬로건 아래 실험적이고 감각적인 디자인 전략으로 화제를 불러일으키며, 그 후 51개가 넘는 다양한 색상과 저렴한 가격을 전면에 내세운 플리스 재킷Fleece Jacket은 3650만 장이라는 경이로운 판매 기록을 세우며 큰 성공을 거뒀다. 특히 다양한 협업으로 완성된 UT 프로젝트는 유니클로를 '문화'로 자리 잡게 했다.
www.uniqlo.kr

아디-러브 adi-love

아디다스

〈코스모폴리탄Cosmopolitan〉 잡지사에서 패션 디렉터로 일하던 2006년, 독일 월드컵을 앞두고 월드컵 공식 후원사였던 아디다스Adidas의 후원을 받아 뉘른베르크에 있는 아디다스 본사를 취재하고, 베를린Berlin에서 패션 화보를 촬영하는 칼럼을 진행했다. 프랑크푸르트Frankfurt에서 비행기를 갈아타고 뉘른베르크 공항에 내려 택시로 한참을 달려 도착한 그곳, 바로 아디다스와 푸마의 본사가 있는 스포츠의 도시 헤르조게나우라흐Herzogenaurach였다. 행정구역 하나를 차지할 만큼 넓은 부지에 평화롭고 에너제틱하게 자리 잡고 있는 그곳을 취재하며 유럽 태생 스포츠 브랜드의 글로벌 기업 문화와 분위기를 제대로 느낄 수 있었다. 그레이 슈트에 러닝화를 신고 반갑게 우리를 맞아주던 임원들, 옥스퍼드 셔츠에 치노 팬츠와 하이톱 스니커즈를 신은 직원들, 블랙 시스 드레스에 평평한 로퍼 스니커즈를 신고 있던 여직원들, 오가닉organic 식단의 구내식당에서 열띤 토론을 하며 점심시간을 보내던 국적 초월 〈코스모폴리탄〉 직원들의 시크한 룩을 잊을 수 없다.

나는 아디다스에 무한 사랑을 보내던 고객인 동시에 화보 스타일링에도 아디다스 스니커즈를 즐겨 등장시키던 에디터였다. 중·고등학생 때는 막연히 '미제'가 좋아 보여서 나이키를 신고 입었던 '나이키빠'였다. 그런데 패션 에디터가 되어 전 세계 패션 1번지인 밀라노, 파리, 런던에 갔더니 그동안 그토록 애정을 보냈던 '미제 나이키'는 찾아볼 수 없고 온통 '삼선 세상'이었다. 글로벌 패션을 리드해 나가며 최고 세련됐다고 생각했던 유러피언이 모두 아디다스를 신고 있었다는 것! 신선한 충격이었다. '미국=나이키, 유럽=아디다스'라는 혼자만의 공식을 만들었고, 그 이후부터 미국 출장길엔 나이키를, 유럽 출장 갈 땐 아디다스를 챙겨 넣었다.

아디다스는 새로운 라인이나 컬래버레이션이 발표될 때마다 입이 쩍 벌어질 정도로 패셔너블하게 업그레이드하고 있는 대표적인 브랜드다. 스포츠 브랜드의 DNA를 잃지 않으면서 아주 근사하게 '패션 코드'를 놓치지 않는다. 오리지널스Originals, 스텔라 맥카트니Stella McCartney, Y-3, 제레미 스캇Jeremy Scott, 제임스 본드James Bond(미국의 스트리트웨어 브랜드인 Undefeated의 수장), 리타 오라Rita Ora, 데이비드 베컴David Beckham, 마리 카트란주Mary Katrantzou, 스탠 스미스Stan Smith(1960년대 말부터 1980년대 초까지 활약한 유명한 미국의 테니스 플레이어), 포르쉐 디자인, 오프닝 세레모니Opening Ceremony(뉴욕의 트렌디한 편집매장), 릭 오웬스Rick Owens, 라프 시몬스Raf Simons 등 다양한 셀러브리티와 스포츠 플레이어, 브랜드, 디자이너와 컬래버레이션을 진행해온 것으로 잘 알려져 있다. 그 어떤 글로벌 브랜드도 하지 못한 파워풀한 시도였다. 쿠튀르couture 디자이너부터 스타 플레이어, 스트리트 뮤지션까지, 크리에이티브하게 포장할 수 있는 상품력과 마케팅력을 가진 브랜드가 바로 아디다스다.

아디다스 최초로 신발의 모든 부분이 가죽으로 만들어지고 고유의 삼선이 없는 디자인으로 테니스 코트를 벗어나 대표적인 패션 아이템이 된 스탠 스미스, 현재까지 4000만 켤레 이상 판매되며 가장 많이 팔린 신발로 기네스북에 올랐다고 한다. 나의 쇼핑 위시 리스트 제일 위에 올라갈 아이템은 바로 아디다스 스탠 스미스!

-썬앤컴퍼니 대표, 신동선

Adidas

아디다스는 1948년 신발 발명가였던 창업자 아디 다슬러Adi Dassler가 만든 스포츠용품 브랜드. 1년 후인 1949년, 아디다스의 트레이드마크인 '삼선'을 상표등록 했는데, 삼선은 가죽 신발이 늘어나는 것을 방지하기 위해 신발 끈을 세 번 둘러 묶은 모습에서 착안한 기능적인 요소로 탄생한 것. 이후 축구, 육상 등 스포츠 전 종목에서 세계적인 성공을 거듭하던 아디다스는 2002년 편안한 스포티 룩이 가미된 라이프스타일을 위한 새로운 브랜드, 아이다스 오리지널스Adidas Originals를 세상에 선보였다. 이 외에도 디자이너나 아티스트와의 다양하고 적극적인 글로벌 컬래버레이션을 지속적으로 전개하며 트렌디하고 패셔너블한 라이프스타일 브랜드로 거듭나고 있는 대표적인 스포츠 브랜드다.
www.adidas.com

MONCLER

추위를 잊은 그대에게

몽클레어

1985년쯤이었다. 초등학교 5학년 가을, 유럽 출장을 다녀오신 아빠가 엄마의 빨간색 몽클레어Moncler 패딩을 사오셨다. 그런 그 옷이 스케이트장에나 갈 때 입던 패딩 점퍼였던 몽클레어. 듣지도 보지도 못한 브랜드의 점퍼를 그 비싼 가격을 주고 사오신 아빠의 선물에 우리는 모두 싸늘하게 "이게 뭐야?"라고 실망스러운 반응을 보였었다. 하지만 우리 엄마는 그로부터 6~7년간 찬 바람이 불기 시작하는 11월 즈음에 그 옷을 옷장에서 꺼내 따스한 봄바람이 불기 전날까지 매일 하루도 옷걸이에 걸지 않으시고 입으셨다. 성당 가실 때도, 장 보러 가실 때도 심지어 학교에 날 데리러 오실 때도 매일같이 말이다. 이모들은 별로 예쁘지도 않은 빨간색 점퍼를 왜 저렇게 여기저기, 석 달을 매일같이 입고 다니냐고 흉을 보셨고 나도 사실 우리 엄마가 스키 점퍼 같은 패딩 점퍼를 매일 입고 다니시는 게 못마땅했다. 소파에서 텔레비전을 보다 잠든 어느 날, 엄마가 내가 감기라도 들까 그 점퍼를 덮어주기 전까지 말이다. 엄마의 향기로운 분 냄새가 솔솔 나던 따뜻하고 포근하며 보드라운 거위 털 점퍼의 감촉을 나는 아직도 잊지 못한다.

한국에서도 정식으로 몽클레어를 살 수 있게 된 몇 해 전부터 매년 신상품이 업데이트되는 사이트를 수시로 체크하는 나를 보며 "네가 무슨 몽클레어 컬렉터니? 이제 그만 사지그래?"라고 핀잔을 줄 정도로 난 진심으로 몽클레어를 사랑한다. 몽클레어를 입는 날이 많아서 겨울이 좋아졌고, 몽클레어를 입은 날은 추워도 짜증 나지 않는다. 무슨 패딩 점퍼를 100만 원이 넘는 가격을 주고 사느냐고 비난한다면, 포르쉐를 운전해보지 않고 비싼 수입 스포츠카에 대해 비난하는 것과 같다고 감히 말할 수 있다. 겨울 아우터웨어outerwear 중 유일하게 포근하고 따뜻하고 가볍고 보드라운 것이 몽클레어 패딩인 것을! 올해도 어떤 새로운 핑계로 말랑말랑하고 따뜻하고 가벼운 몽클레어를 하나 더 살 수 있을까 고민 중이다. 겨울이 점점 길어져 1년 내내 몽클레어를 입게 되었으면 좋겠다.

-겨울이 오는 것이 너무너무 기다려지는 어느 초가을 날

PR 스페셜리스트, 홍여림

Moncler

1952년 프랑스 그레노블Grenoble에서 세계 최초의 다운 재킷을 선보인 몽클레어는 1970년대 프랑스 국가대표 스키 팀의 유니폼을 제작, 후원하면서 이름이 알려졌다. 이후 패션 잡지 <엘르Elle>를 통해 컬러풀한 몽클레어 패딩 재킷이 패션 아이템으로 소개되면서 유명세를 얻게 되었다. 2003년 이탈리아인 CEO 레모 루피니Remo Ruffini가 인수한 이래 톰 브라운Tom Browne, 준야 와타나베Junya Watanabe, 니콜라스 게스키에르Nicolas Ghesquiere 등 세계적인 디자이너들과 협업해 패션계의 이목을 집중시켰다. 또 최고급 여성복 라인 '감마 루즈Gamme Rouge', 최고급 남성복 라인 '감마 블루Gamme Blue'는 물론 일상복 라인 '그레노블Grenoble', 창립 60주년 기념 아이웨어, 라이카 XLeica X 몽클레어 에디션 카메라 출시 등을 통해 끊임없이 화제를 만들고 있는 럭셔리 패션 브랜드다.

www.moncler.com

인베르니

지구온난화로 인한 혹한이 몇 년째 지속되고 있다. 아주 어울리는 건 아니지만 추위를 나기 위해 모자는 내게도 겨울 필수품이 되었다.

모자가 패션 아이템으로 자리 잡지 않은 우리나라에서 마음에 드는 모자를 구하기란 쉽지 않은 일이다. 우리나라에서는 모자 디자이너도 손에 꼽힐 만큼 희소하고 모자가 패션으로 인식된 지도 별로 오래되지 않은 것이 사실이다. 두상에 자신이 없는 나 역시 모자 쓰는 일 자체가 탐탁지 않았는데 추위를 심하게 타는 체질이라 이젠 점점 모자에 관심이 생기고 있다.

지난겨울 분더숍Boontheshop에서 발견한 캐시미어 모자는 평생 쓸 것 같은 마음에 쏙 드는 아이템이다. 블랙과 화이트 캐시미어 모자에 라쿤Raccoon 털 장식이 앙증맞게 달려 있는 인베르니Inverni 제품이 그것이다. 모자 브랜드에 별로 관심이 없다 보니 필립 트레이시Philip Treacy나 헬렌 카민스키Helen Kaminski 정도밖에 머릿속에 없었는데, 알고 보니 인베르니는 꼭 기억해야 할 브랜드인 것이다.

Inverni

1892년 설립한 피렌체Firenze의 모자 장인 브랜드 인베르니는 수천 가지의 패턴과 진귀하고 다양한 소재가 조화를 이룬 컬렉션을 선보이고 있다. 매 시즌 인베르니는 따뜻하고 부드러우며 착용감이 가벼운 신선한 디자인의 모자를 소개한다. 고도의 기술력을 자랑하는 숙련된 장인의 손길을 거쳐 캐시미어, 알파카, 실크, 울, 코튼 등의 엄선된 천연 소재와 오묘한 컬러가 어우러진 액세서리 컬렉션이 탄생한다.
www.inverni.it

참을 수 있는 존재의 가벼움

에르노

1980년대 초, 중학생 시절 오리털 점퍼가 선풍적인 인기를 끌었던 이후 다시 패딩 점퍼를 입게 되리라곤 상상도 못 했다. 캐시미어 코트와 모피만으로는 감당할 수 없는 혹한이 계속되면서 '프리미엄 패딩 브랜드'가 겨울 패션의 최강자로 급부상한 지 벌써 수년째다. 아무리 예뻐 봤자 패딩은 패딩일 뿐 옷맵시는 별로다. 하지만 '멋 부리다 얼어 죽는다'라는 말처럼 이 강추위에 패딩 없이는 지낼 수가 없을 듯하다. 그래도 에르노Herno가 있어 다행이다. '새털보다 가볍고 모피보다 따뜻하다'는 홍보 문구 그대로 에르노는 초경량 패딩웨어들을 선보이고 있다. 미쉐린Michelin타이어의 캐릭터 '비벤덤Bibendum'을 연상케 하는 여타의 패딩 코트와는 달리 아름답고 여성적인 실루엣이 살아 있는 에르노의 다운 재킷은 겨울 추위에 짓눌린 몸과 어깨를 가볍고 날쌔게 만들어주는 활동적인 외투다. 더욱이 울이나 캐시미어 같은 고급 소재와의 믹스앤매치mix&match를 통해 패딩 브랜드의 업그레이드를 주도한 선도적 브랜드다.

Herno

1948년 이탈리아 레사Lesa에서 주세페 마렌치Giuseppe Marenzi에 의해 탄생한 패딩웨어 브랜드. 방수 레인코트를 개발하면서 큰 명성을 얻게 되었고, 2000년대부터 테크니컬 아우터웨어를 히트시키면서 현재는 세계적으로 스타일리시한 프리미엄 다운 재킷의 대표 브랜드로 널리 알려져 있다. 패딩 제품에는 세계 3대 깃털 생산지인 이탈리아의 로멜리나Lomellina, 프랑스의 페리고르Perigord, 러시아 시베리아Siberia 지역의 최고급 거위 털만을 충전재로 사용해 보온성도 뛰어나다.

www.herno.it

겨울의 여왕

펜디

Fendi

펜디는 이탈리아의 패션 기업으로 1925년 에두아르도 펜디와 아델 카사 그랑드 부부가 설립했다. 모피와 가죽 제품을 다루는 공방에서 시작해 의류와 신발, 패션 액세서리 등을 취급하는 LVMH그룹의 대표적 명품 브랜드 중 하나다. 1965년 이래 칼 라거펠트가 창업자의 손녀인 실비아 벤추리니 펜디 Sylvia Venturini Fendi와 함께 디자인을 책임지고 있다.
www.fendi.com

FENDI

20여 년 넘게 화장품 브랜드에서 경력을 쌓은 내가 갑자기 패션 브랜드로 과감히 이직을 결정하게 해준 '펜디Fendi'. 펜디에는 뭔가 아주 특별한 것이 있다. 펜디는 셀러리아 백Selleria Bag, 바게트 백Baguette Bag 등의 가방을 선보여온 패션 하우스로도 알려져 있지만 사실은 독보적인 입지로 모피fur 시장을 선도하고 있는 비교 불가능한 모피 브랜드다.

20세기 초 로마의 귀족들은 화려하게 장식된 금박 마차와 수제 안장이 귀족성과 부유함의 표현 방식이었다. 에두아르도 펜디Edoardo Fendi와 아델 카사그랑드Adle Casagrande 부부가 1925년 귀족들의 마차로 붐벼대는 비아 델 플레비스치토Via del Plebiscito 거리에 문을 연 소규모의 가죽 및 모피 공방이 펜디의 퍼 아틀리에의 설립 배경이 되었으며 펜디 모피의 역사가 시작된 것이다. 모피는 사치품의 대명사로 불리고 있는 현대의 인식과 달리 태초부터 추위로부터 몸을 보호하는 최초의 의류로서 자연에서 얻은 천연 소재의 탁월한 보온성과 무한정 포획이 불가한 희소성이 더해져 기원전부터 12세기 중반까지 이집트, 페르시아, 그리스 등에서는 고귀함과 힘의 상징이 되었으며, 모피의 황금기인 16세기에 이르러서는 왕의 권위와 귀족들의 사회적 신분을 상징하는 의상이 되었다. 이러한 모피의 전통은 세기를 넘어서도 여성스러움과 고급스러운 기품이 묻어나는 다양한 스타일로 진화해 나가며 사회 유명 인사들의 엘리트 집단을 위한 산업으로 그 고귀한 가치와 매력을 이어왔다.

패션 브랜드로서 유일하게 인 하우스 퍼 아틀리에를 보유하고 있는 펜디는 장인들의 기술 세습을 통해 모피 제작 기술의 독보적인 정통성을 이어가고 있다. 아틀리에의 최고 장인에게서 최소 10년을 수련받아야 처음으로 모피 펠트felt를 재단할 수 있다는 철저한 장인 정신은 모피 펠트의 선정, 재단, 봉제, 모형 제작 등 모든 공정에 각 분야에 걸쳐 숙련된 기술과 고유한 전문성을 갖춘 모피 제작 대가들이 최고의 기술을 손수 담아내는 수작업을 통해 독보적인 기술과 차별화된 품질을 실현하는 펜디 퍼의 중요한 자산이다.

1960년대에 들어서며 펜디 퍼의 혁명이 시작된다. 1965년 칼 라거펠트Karl Lagerfeld의 합류를 기점으로 펜디는 모피를 마치 직물 원단처럼 제작하고 활용하는 혁신을 이루어낸다. 장인 정신의 전통 위에 칼 라거펠트는 와일드한 독창성으로 장인 기술의 한계를 넘어서는 실험과 혁신을 선도한 것이다. 아틀리에의 실험 정신은 펠트를 깎고 자르는 모피의 커팅 방법, 염색 기술, 수작업 기법 등의 새로운 시도들이 시너지를 이루어 모피를 마치 원단과 같이 다양하고 정교한 디자인과 색상, 질감이 표현된 새로운 소재로 재탄생시켜 디자인과 예술적 창작 가치를 상승시켰다.

칼 라거펠트의 첫 번째 퍼 컬렉션 론칭에 '펀 퍼Fun Fur'라는 의미로 모피의 안감 직조에 사용된 더블 F는 펜디의 상징이 되었고, 오늘날까지 보편적으로 확산되어 사용하는 일명 깎은 밍크의 테크닉을 컬렉션에 선보임으로써 셰이브드 퍼shaved fur의 더없는 부드러움, 한없는 가벼움, 정교하고 강렬한 색상 표현으로 세상을 놀라게 했고, 칼 라거펠트의 디자인 스케치에서 시작되어 다양한 펠트와 제작 기법들을 활용해 패션 피스로 현실화하는 아틀리에 작업은 오늘날까지 펜디의 컬렉션이 해마다 경이로운 혁신과 창작으로 숨 쉬고 있음을 느끼게 한다.

펜디 퍼의 또 하나의 차별성은 어떤 브랜드와도 비교할 수 없는 값진 소재다. 안감이 없는 펜디의 모피는 소비자들이 모피의 무게에서 자유로울 수 있게 했을 뿐만 아니라 유럽과 미국의 주요 경매 시장에서 최상 등급의 모피 원단만을 제공받는 펜디의 철학이자 자신감을 드러내는 부분이다. 소비자의 시각과 촉각으로 직접 확인할 수 있는 펜디 트래블 퍼travel fur의 가죽 퀄리티는 리버서블reversible로 착용할 수 있는 유일한 브랜드라는 독보적인 차별성을 가능하게 했고, 장인들의 커팅과 봉제의 수작업 기술을 고스란히 드러내 보여주는 게르나토ger-nato 기법과 인레이inlay 테크닉은 모피의 촘촘한 밀도를 유지시켜 한결같은 고급스러움으로 모피를 즐길 수 있는 비결이 된다. 펜디 모피가 대중의 사랑을 받는 만큼 모피 디자인과 개발의 세계적인 리더로서 펜디는 모피의 윤리적 사용을 추구한다. 모든 모피 거래 관련 국제적·지역적 모든 규제를 철저한 이력제를 통해 투명하게 관리하며, 1980년 이후 멸종 위기종의 구매를 일체 중단했고 워싱턴 협약 CITES(Convention on International Trade in Endangered Species of Wild Flora and Fauna)의 보호를 받는 링스, 밥 캣, 크로코다일 등을 소재로 한 상품들은 워싱턴 협약 보증서를 제공한다.

유사 이래 고귀함과 부유함의 대명사로 여성들의 로망인 모피, 평생 하나의 모피만을 가질 수 있다면 펜디가 정답이다. 대를 이어 입을 수 있는 가치가 있기 때문이다. 최근 일본과 홍콩 등지에서 1970년부터 최근까지 펜디의 아이코닉Iconic 피스들의 전시에서 펜디 퍼는 시대를 넘어서도 한 피스 한 피스마다 아름답고 스타일리시하며 기술적 혁명을 담고 있음을 눈으로 확인시켜 주었다. 일본에서 근무하는 펜디의 동료 중 한 명은 엄마에게서 물려받은 펜디 모피가 본인의 출생을 기념하여 입으셨던 것이라며, 오늘날까지 스타일이나 퀄리티에서 세월을 전혀 느낄 수 없는 펜디 퍼에 대한 자부심을 자랑한다.

가슴 떨리는 고가의 세이블이나 특피 소재의 모피가 아니더라도 펜디는 다양한 소재와 아이템을 통해 퍼를 즐기는 새로운 방법을 제시해왔다. 퍼의 커팅, 오픈워크 테크닉 등이 실크, 울, 캐시미어와 모피가 믹스앤매치되면서 모피는 또 하나의 소재로 재해석되고 보편화된다. 밍크 트리밍이 가미된 울 머플러에서부터, 부분적인 퍼 터치와 믹스로 시즌 컬렉션의 영감을 온전히 즐길 수 있는 캐시미어 코트, 명품의 무게감이 자칫 고루하다 느낄 수 있는 핸드백 위에서 장난기 어린 표정으로 매력을 더해주는 백 벅스bag bugs의 패션 터치 등 펜디는 지금껏 존재하지 않았던 그 무엇을 퍼의 터치로 새롭게 만들어내며, 패션 퍼의 역사를 주도해가고 있으며 대중에게 폭넓게 다가가고 있다.

명품은 상품자체 보다 그 상품에 담겨 있는 가치가 핵심이 된다. 즉 명품이기 위해 브랜드가 갖추어야 할 몇 가지 핵심 가치는 모방할 수 없는 브랜드 고유의 역사와 전통, 독보적인 기술과 품질, 희소성, 일관성 등이다. 명품으로서 펜디는 퍼이고, 퍼는 펜디다.

-펜디 코리아 리테일 디렉터, 김주은 상무

보석보다 귀한 우리들의 시간

까르띠에

운 좋게도 내 손목은 바쉐론 콘스탄틴Vacheron Constantin까지의 호사는 누리고 있다. 이 생애 동안 브레게Breguet나 파텍 필립Patek Philippe을 한 번은 꼭 갖고 싶었는데, 어느 날 문득 더 이상의 좋은 시계는 필요 없다는 생각이 들기 시작했다. 결혼 5주년 기념 선물이었던 예거 르쿨트르 리베르소Jaeger-LeCoultre Reverso를 비롯해 애지중지하던 시계들을 몽땅 도둑맞고 가슴앓이한 시간들이 있었는데 몇 년이 흐른 지금 그 시계들 없이 잘 살고 있는 나를 보며 물건의 덧없음을 실감한다. 그래도 제대로 된 시계 하나쯤 있어야 한다면 나에겐 까르띠에Cartier 시계가 제일이다. 세계 최고의 주얼러이자 워치메이커인 까르띠에 시계는 '기본 중의 기본'을 이야기한다. 에디터 시절, 바젤 시계 박람회BASELWORLD나 SIHHSalon International de la Haute Horlogerie(스위스 고급 국제시계 박람회) 출장을 통해 기계식 시계Mechanical Watch의 매력에 흠뻑 빠진 적도 있지만 투르비용Tourbillon은 무지갯빛 꿈일 뿐이고 살다 보니 손목을 흔들어 시간을 맞추는 오토매틱 무브먼트도 힘에 겹다. 어쩔 수 없는 천생 여자라서 나이 들수록 멜레 다이아몬드Melee Diamond가 촘촘히 장식된 주얼리 워치가 더 마음에 든다. 가로 방향으로 늘린 듯 독특한 디자인의 다이얼과 조화를 이루려는 듯 길게 늘어난 로마숫자, 넓은 브레이슬릿Bracelets이 특징인 탱크 디반Tank Divan. 우울한 날, 햇빛 또는 형광등 아래서도 영롱하게 반짝이는 시계를 보고 있으면 기분이 좀 나아진다.

어느 날 문득, 1991년 대학 입학 기념으로 부모님께 선물 받은 탱크 루이 까르띠에Tank Louis Cartier가 그리워졌다. 옷장 깊이 넣어두고 잊고 있던 이 시계는 롤렉스Rolex와는 또 다른 클래식의 상징으로 간소하나 절도 있고 현대적인 디자인 덕에 시대를 잊은 아름다움을 선사한다. 1919년 시작된 탱크 시계의 역사에 이어, 1920년대에 첫선을 보인 탱크 루이 까르띠에는 장방형에 부드러운 모서리와 둥글게 처리된 연결 끝 부분이 특징으로 이후 '아르데코Art Dèco'의 상징적 디자인으로 칭송받고 있는 모델.

사실 저 두 시계는 이제 단종되어 더 이상 출시되지 않는다. 하지만 까르띠에 시계에서 단종이란 인기 없는 모델의 생산 중단이라는 개념보다는 진귀한 '리미티드 에디션Limited Edition'을 소장하게 되었다는 기분을 갖게 한다.

까르띠에 시계들은 앞으로도 수십 년, 황금 같은 나의 시간들을 기억해줄 소중한 애장품이 될 것이다.

Cartier

1847년 루이-프랑수아 카르티에Louis-Francois Cartier(1819~1904)가 설립한 프랑스의 럭셔리 브랜드. 1850년대부터 세계 최고의 보석상으로 자리매김하여 프랑스는 물론 전 세계 왕실과 상류층 사이에서 높은 명성을 얻게 되었고, 1904년 세계 최초의 현대식 손목시계 '산토스 드 까르띠에Santos de Cartier'를 선보이며 워치메이커로 발전을 거듭하면서 시계의 역사를 다시 쓰게 되었다. 1997년부터 리슈몽Richemont 그룹의 일원이 되었으며 주얼리, 시계는 물론 필기구, 안경, 스카프, 핸드백 등 다양한 제품들을 소개하고 있다.
www.cartier.co.kr

CARTIER
AUTOMATIC
CARTIER
IWC
SCHAFFHAUSEN
AUTOMATIC

시간을 초월한 매력

까르띠에

까르띠에 하면 떠오르는 것. 러브Love나 트리니티Trinity de Cartier 등의 아이콘 컬렉션, 드라마틱한 까르띠에 광고 비주얼에서 우아한 카리스마를 뿜어내는 팬더Panthère de Cartier(크리스마스 시즌 광고에서는 너무나 사랑스러운 아기 팬더도 등장한다), 보기만 해도 갖고 싶어지는 레드 박스Red Box 등 리스트는 꽤 길다. 하지만 극히 주관적인 관점에서 꼽자면 '까르띠에 탱크Cartier Tank'가 가장 먼저 떠오른다. 그 이유는 매우 개인적인데 대학 졸업 때 부모님께 선물 받은 시계이기도 하고, 또 애정을 느끼는 재클린 케네디 오나시스Jacqueline Kennedy Onassis(1929~1994)가 즐겨 착용한 시계이기 때문이다.

몇 년 전 인터뷰한 까르띠에 CEO는"까르띠에의 매력은 타임리스하면서도 현대미를 잃지 않는 것에 있다"고 말했다. 전적으로 동감한다. 2012년 세계에서 가장 호화로운(?) 주얼리 전시 앤티크 비엔날레 취재차 파리를 찾았다. 그때 방돔 광장Place Vendome에 자리한, 1899년 문을 연 유서 깊은 까르띠에 뤼 드 라 페Rue de la Paix13번지 부티크를 방문했는데, 국내에서 보기 어려운 어마어마한 하이 주얼리에서부터 눈이 휘둥그레지는 앤티크 피스들까지 눈이 부실 정도였다. 그런데 까르띠에의 뮤즈이자 전설의 크리에이티브 디렉터였던 잔 투상Jeanne Toussaint의 스케치나 사진들로 가득한 이곳에서 나의 시선이 유독 오래 머무른 곳은 시계 섹션이었다. 탱크를 비롯해 유려한 곡선미의 발롱 블루Ballon Bleu de Cartier, 프랑스어로 '욕조'를 뜻하는 타원 형태의 베누아Baignoire, 고정관념을 벗어난 독특한 형태의 크래시Crash 등 다양한 시계들이 저마다의 매력을 발산하고 있었다. 새삼 격하게 공감했다. 까르띠에 시계가 타임리스하면서도 무척이나 현대적이라는 사실을.

까르띠에는 이미 쌓아놓은 명성에도 불구하고 결코 창조의 노력을 게을리하지 않는다는 점에서 더욱 박수를 보내고 싶다. 탱크만 해도 탱크 아메리칸Tank Americaine, 탱크 프랑세즈Tank Francaise, 탱크 디반Tank Divan, 가장 최근에는 2012년 탱크 앙글레즈Tank Anglaise와 탱크 폴Tank Poir 등 다채로운 라인업을 추가하며 진화를 거듭하고 있으니 말이다. 또 얼마 전 국내에서 진행한 신제품 행사에서는 새로운 야심작 끌레 드 까르띠에 Clede Cartier가 눈길을 끌었다. 어떤 차림이나 TPOTime, Place, Occasion에 착용해도 자연스럽게 녹아들면서 은은한 존재감을 드러내는 시계라는 생각이 들었다. 창작을 향한 까르띠에의 열정과 집념을 다시 한 번 느낀 순간이었다.

물론 이 세상에는 정말 훌륭하고 아름다운 시계들이 너무나도 많다. 파텍 필립, 바쉐론 콘스탄틴, 브레게, 오데마 피게Audemars Piguet 등 이름만으로도 위용 넘치는 시계 브랜드들도 있지 않은가. 그런데 이 세상 수많은 시계 중 오로지 하나만을 소유할 수 있다면? 잠시 고민한 후 나는 까르띠에를 꼽을 것 같다. 과하지도 덜하지도 않은 딱 적당한 디자인, 사용자의 편의를 고려한 합리적인 기능, 여기에 시공을 초월하는 타임리스한 매력까지, 이만하면 탁월한 선택 아닐까.

- 주얼리 & 워치 칼럼니스트, 이서연

must de
Cartier
SWISS

Portrait of the Empress Marie Louise by *Robert Lefèvre*, in 1812.
The Empress is wearing the jewels which *Nitot* created for her in 1810.
Chaumet Collection, Paris.

사랑한다면 이들처럼

쇼메

다섯 손가락에 드는 하이 주얼리 브랜드 중에 내가 편애하는 브랜드는 프랑스 태생의 쇼메Chaumet다. 2007년부터 5년 동안 컴플리트 케이가 쇼메 코리아의 홍보, 마케팅을 담당했던 특별한 인연을 언급하지 않을 수 없다. 2009년 2월에는 프랑스를 대표하는 여배우 '소피 마르소Sophie Marceau'가 쇼메의 뮤즈로 선정되어 내한했는데, 유난히 한국에 수많은 팬을 가진 그녀의 방문으로 공항은 인산인해를 이루었고, 기자회견장 역시 문전성시였던 잊지 못할 기억이 있다. 2010년에는 이 역사적인 브랜드의 탄생 230주년을 함께하기도 했다. 그 기나긴 세월 동안 최고의 자리를 지킬 수밖에 없는 분명한 이유가 있는 브랜드다.

'나폴레옹의 보석'이라 불리는 이 주얼리 브랜드는 실제로 프랑스 역사와 깊은 관련이 있다. 루브르 박물관에 소장되어 있는 자크 루이 다비드Jacques-Louis David(1748~1825)의 명화 '나폴레옹 1세의 대관식Consecration of the Emperor Napoleon 1'에 묘사된 왕관이 바로 쇼메의 작품이며, 조세핀Josephine 황후와 마리 루이tmMarie Louise 등 보나파르트Bonaparte 왕가의 귀부인들을 위한 왕관과 주얼리들은 모두 쇼메의 손을 거쳐 탄생되었다고 알려져 있다. 또 1811년, 나폴레옹을 위해 최초로 제작된 쇼메의 보석 시계는 전 세계 최초의 주얼리 워치로 역사에 기록되어 있다. 과감하면서도 탁월한 패션 감각을 지녔던 조세핀 황후가 최초로 주문 제작한 쇼메의 티아라tiara는 그녀로 인해 유럽 왕실은 물론 미국의 상류층에까지 유행이 될 정도였다고 한다.

티아라는 가질 수 없지만 쇼메의 시그너처 컬렉션 '리앙Liens'은 내가 제일 아끼는 주얼리 컬렉션이다. 프랑스어로 영원히 변치 않을 아주 특별한 인연을 상징하는 리앙 컬렉션은 18세기 나폴레옹과 그의 전속 세공사였던 쇼메의 창시자 마리-에티엔 니토Marie-Etienne Nitot의 '아름다운 인연'을 표현한 X자 링크 모티프motif가 상징적이다. 서양 문화권에서 'love'& 'kisses'를 의미하는 X자 링크를 통해 '사랑의 결실'을 위한 완벽한 주얼리를 창조해낸 것이다. 특히 각양각색의 사랑 즉 가족, 커플, 엄마와 딸, 친구 간의 사랑에 대한 감정을 4가지 에피소드의 아름다운 영상미로 풀어낸 <Liens de Chanet>의 단편영화를 보는 순간 누구나 이 드라마틱한 주얼리와 사랑에 빠질 것이라 확신한다. 내 경우, 리앙 하트 펜던트Liens De Coeur의 감동적인 영상물을 본 후 이 목걸이에 대한 애착이 더욱 커졌다. 생애 첫 데이트를 위해 외출하는 딸이 더 예쁘게 보이길 바라는 엄마가 자신이 목에 걸고 있던 리앙 하트 펜던트를 딸에게 채워주는 애정 어린 장면을 보며, 미래의 나와 딸에게도 다가올 그날을 기대하게 되었다. 남녀 간의 사랑이 움직이는 것이라면, 엄마의 사랑은 죽어서도 변치 않을 영원한 것이기에 우리에게도 영화의 그 장면 같은 순간이 다가올 것을 믿어 의심치 않는다. 사랑의 이름으로 기억해야 할 브랜드, 바로 쇼메다.

Chaumet

1780년 프랑스 파리에서 마리-에티엔 니토 의해 탄생한 최고의 하이주얼리 브랜드. 쇼메는 나폴레옹 시대부터 프랑스 황실 전용 보석상으로 지정되어 현재까지 그 명성을 굳건히 이어오고 있다. 설립 초기부터 지켜온 쇼메만의 창조 정신을 바탕으로 시대의 흐름을 주도하는 '컨템퍼러리 클래식Contemporary Classic'의 디자인 철학이 담긴 다양한 주얼리, 워치 컬렉션을 선보이고 있다.
www.chaumet.com

CHAUMET

Photographer **Lee Sangchun**
Creative Director **complete K**

LUCIE
Au nord d'Arles, la «
A l'Ecole
polytechnique,

조금 느려도 괜찮아

루시에

"나는 주얼리를 통해 '사람들'과 '내'가 조화를 이룬 세상에서 진정한 제품으로 사회에 작은 보탬이 되고자 한다."

-니와카 그룹 CEO & 주얼리 장인, 아오키 토시카즈

Lucie

2002년, 일본을 대표하는 주얼리 장인이자 디자이너 아오키 토시카즈가 탄생시킨 컨템퍼러리 오트 쿠튀르 주얼리. 브랜드명은 영국의 저명한 여성 도예가 루시 리의 탄생 100주년 기념 전시회에서 큰 감명과 영감을 받아 지어졌다. 루시에는 아름답고 우아하며 독립적인 현대 여성들을 위해 여성미가 돋보이는 정교한 세공법, 독창적인 디자인의 주얼리들을 선보이고 있다. 특히 '세상에 단 하나뿐인 주얼리'를 지향하는 루시에만의 오트 쿠튀르 시스템은 각기 다른 고객의 취향과 개성을 존중하고 사랑하는 이 고집스러운 장인 브랜드의 특성을 가장 잘 표현하고 있다.

www.lucie.jp

5년 전 추석 무렵, 한국말이 어눌한 재일 교포를 연상케 하는 한 분의 전화를 받았다. 한국에 론칭한 일본 주얼리 브랜드의 지사장인데 급히 홍보 관련 미팅을 하고 싶다고 했다. 왠지 강한 끌림이 느껴져 이튿날 바로 청담동 사무실을 방문했다. 명함을 교환하는데 낯익은 이름이었다. 혹시나 하는 마음에 내가 매우 아끼던 여행서 《동경오감》의 저자가 아닌지 물었다. 그분이 맞았다.

도쿄에서 10년 동안 유학과 회사 생활을 하다가 며칠 전에 루시에Lucie라는 장인 주얼리 브랜드의 한국 지사장으로 서울에 돌아왔다고 했다. 브랜드에 관하여 3시간 가까이 이런저런 얘기를 나누고 홍보, 광고, 마케팅 전략 제안을 의뢰받았다. 프리미엄 브랜드의 론칭 스페셜 리스트로 이미 쇼메, 데이빗 여먼David Yurman 등 하이 주얼리 브랜드를 성공적으로 론칭한 경험이 있는 우리 회사였지만 난생처음 본 일본 장인 주얼리 브랜드를 어떻게 소개해야 할지 솔직히 고민이었다. 많은 생각과 고심 끝에 '기본'에 충실한 제안이 담긴 프레젠테이션을 했고, 그 진심이 통해서 '루시에'와 인연을 맺었다. 시작했다는 것은 성공시켜야 한다는 뜻. 한국 시장의 특성에 맞는 '현지화 전략'이 필요했다. 일본 브랜드 특유의 정교하고 아기자기한 디자인을 선호할 '예비 신부'를 집중 공략하기로 했고, 1캐럿 다이아몬드에 대한 로망이 있는 한국 여성들을 위해 '원 캐럿 컬렉션'을 발매했다. 예상은 적중했다.

한없이 투명한 다이아몬드처럼, '정직' 본위의 브랜드 철학을 앞세운 루시에는 최고 품질의 나석과 유려한 디자인, 그리고 고도로 숙련된 일본 장인들의 섬세하고 정교한 수공 기법이 조화를 이룬 주얼리로 끝없이 입소문을 타고 있다. 보석에 대한 안목과 식견을 지닌 고객들의 선택을 받으면서 5년째 성장세를 지속하고 있다. 이제 '로즈 클라시크Rose Classique 컬렉션'은 신부들의 위시 리스트에 올랐으며, 매년 선보이고 있는 호주 아가일Argyle社의 '핑크 다이아몬드' 나석들은 그 절대적

이고 고귀한 빛과 가치를 '루시에'를 통해 발하고 있다.

'가치 소비'가 화두가 되고 있는 이 시대에 루시에가 주목받는 이유는 분명하다. '안목이 높은 고객이라면 좋은 주얼리를 알아볼 것'이라는 신념과 자부심으로 루시에는 '오트 쿠튀르 주얼리Haute Couture Jewelry'라는 새로운 콘셉트로 사랑을 받고 있다. 요란한 광고나 화려한 포장 없이 묵묵하게 명예와 정성을 다해 외길을 걷고 있는 장인 주얼리 브랜드로서 '느림의 절대미학'을 선사하고 있다.

1983년 일본을 대표하는 주얼리 장인이자 디자이너 아오키 토시카즈Aoki Toshikazu는 교토에서 동양적 디자인과 금속의 자연미를 최대한 살린 특유의 세공법이 조화된 하이 주얼리 브랜드 니와카Niwaka를 설립하여 명성을 얻게 되었다. 그러나 그의 마음속에는 항상 니와카와 차별화되는 여성미와 정교함이 조화된 새로운 주얼리 컬렉션에 대한 꿈이 있었고 우연히 들른 영국의 저명한 여성 도예가 루시 리Lucie Rie(1902~1995)의 탄생 100주년 기념 전시회에서 큰 감명과 영감을 받아 드디어 2002년 컨템퍼러리 오트 쿠튀르 주얼리 브랜드 루시에를 탄생시켰다. 루시에라는 브랜드명 또한 아름답고 우아하며 독립적인 여성이었던 루시 리에 대한 존경과 사랑을 담아 명명된 것으로 루시에는 자신의 가치를 알고 사랑하는 현대 여성들을 위한 아주 특별하고 독창적인 주얼리를 선보이고 있다.

"나는 주얼리를 통해 '사람들'과 '내'가 조화를 이룬 세상에서 진정한 제품으로 사회에 작은 보탬이 되고자 한다"는 주얼리 장인 아오키 토시카즈의 경영 철학은 루시에의 모든 컬렉션에 그대로 반영되고 있다. '세상에 단 하나뿐인 주얼리'를 지향하는 루시에만의 오트 쿠튀르 시스템은 각기 다른 고객의 취향과 개성을 존중하고 사랑하는 이 고집스러운 장인 브랜드의 특성을 가장 잘 표현하고 있다. 아오키 토시카즈는 장인의 도시 교토에서 주얼리 공방을 운영하던 시절, 특별한 추억과 감동을 담은 주얼리를 주문했던 편지 한 통을 가슴에 새기고 있다. 이로써 역사에 등장하는 왕족이나 상류층 또는 유명 셀러브리티만의 전유물이 아닌 '나만의 주얼리'를 원하는 누구나 소유할 수 있는 '세상에 하나뿐인 주얼리'가 탄생할 수 있는 것이다.

루시에가 오트 쿠튀르 주얼리 브랜드로서 차별화된 명성을 얻게 된 이유는 명료하다. 주얼리 디자인에서부터 제작 공정 일체를 인하우스에서 직접 완성하는 원스톱 시스템으로 주문 제작 서비스가 가능한 것이다. 전체 직원의 10% 이상이 주얼리 디자이너인 루시에는 실제로 일본 전체 매출의 60% 이상을 오트 쿠튀르 주얼리가 차지하고 있다. 물론 한국에서도 해가 거듭될수록 주문이 늘고 있다. 고객의 취향과 개성을 정성스러운 상담을 거쳐 한국과 일본을 오가는 특별 주문 시스템을 통해 3주에서 9주의 엄격한 공정 기간 동안 장인들이 100% 핸드메이드로 제작한 '나만의 루시에'가 완성되는 것. 그러나 만약 오트 쿠튀르 시스템이 부담스럽다면 기존의 루시에 제품 중 소재, 질감, 두께를 변형하여 선택할 수 있다. 하드 플래티넘, 플래티넘이 10% 함유된 플래티넘 골드, 동양인의 피부에 가장 잘 어울리는 로즈 골드, 옐로 골드의 4가지 소재 중 선택은 물론 은은한 매트matte와 반짝임이 아름다운 글로시glossy, 샤프한 질감의 헤어 라인Hair Lined, 매트와 글로시의 조합인 테크니컬technical 중 질감도 고를 수 있다. 또 손가락의 길이와 두께에 따라 폭 조절도 가능하다. 특히 '가치 지향적 주얼리'에 부합하는 고객 만족 서비스를 제공한다. 한국에 상주하고 있는 주얼리 장인이 리프레싱, 사이즈 수선 등을 섬세한 수작업으로 완성한다.

매혹적인 장미에서 영감을 받아 탄생한 루시에의 로즈 클라시크Rose Classique 컬렉션은 영롱한 빛의 다이아몬드와 고도로 숙련된 장인이 완성한 유려한 디자인이 조화된 베스트 컬렉션이다. 오롯한 장미 봉오리부터 보드라운 잎새 등 한 송이 장미를 아주 섬세하게 형상화한 다양한 아이템이 믹스앤매치를 통해 완벽한 아름다움을 선사하는 것. 또 고딕 건축양식에서 영감을 받아 극도로 정교한 로자 미스티카Rosa Mystica 컬렉션, 밀그레인milgrain 세공이 최상급 다이아몬드와 조화를 이룬 부케Bouquet 컬렉션, 희망의 상징 나비를 소재로 우아하고 입체적인 아름다움을 표현한 르 레브Le Reve 컬렉션, 20캐럿에 달하는 옐로·화이트 다이아몬드와 플래티넘이 조화된 하이 주얼리 카모마일Camomille 컬렉션 등을 통해 루시에의 장인 정신과 진정성을 확인할 수 있는 대표적인 걸작들을 소개하고 있다.

JO MALONE
LONDON
ORANGE
BLOSSOM
SCENTED CANDLE
BOUGIE PARFUMÉE
diptyque
PA
TCH
OU
LI
paris5e

LADUREE
Paris

프랑스의 역사, 그리고 나폴레옹을 담은 향초

씨흐 트루동

씨흐 트루동Cire Trudon을 처음 만난 것은 프랑스를 대표하는 하이 주얼리 브랜드 쇼메의 230주년 행사를 준비하면서였다. 한 브랜드를 위해 일하면서 230주년이라는 역사적인 순간을 함께한다는 것이 흔한 일은 아니기에 당시 쇼메 코리아 배윤정 사장님을 비롯한 우리 스태프들은 흥분과 긴장 속에 그해를 진심으로 기다렸고, 어느덧 파리 본사에서 다양한 행사용 집기들이 속속 도착했다. 특히 VIP와 프레스의 선물로 정해진 범상치 않은 민트 컬러 상자를 열자 감탄사가 절로 나왔다. 어디에서도 본 적 없는 기품 있고 묵직한 초 한 자루가 들어 있었다. 절도 있는 블랙 컬러에 나폴레옹의 사랑 조세핀Josephine의 초상화가 레드 카메오로 재현된 이 우아한 초는 쇼메의 영원한 뮤즈인 조세핀을 기리는 특별한 선물임이 분명했다. 1643년 탄생한 씨흐 트루동의 카메오 필라pillar 캔들은 메종 씨흐 트루동만의 장인 정신으로 고대의 왁스 제조법과 보석 세공법으로 창조되는 마스터피스였던 것이다.

이후 향초에 대한 애정이 각별한 내가 씨흐 트루동을 편애하게 된 것은 당연하다. 다양한 향의 씨흐 트루동을 사용하고 있는데 특히 아끼는 것은 더 그레이트 캔들The Great Candle이다. 22cm 높이에 무게가 3kg에 달하는 이 향초는 이름 그대로 정말 훌륭한 인테리어 소품이며, 수백 시간 동안 사용할 수 있다고 하는데 매우 아끼는 것이라 아직 심지는 태워보지 못했다.

Cire Trudon

1643년 클로드 트루동Claude Trudon에 의해 탄생한 이래 프랑스 역사를 대변하고 있는 황실 양초의 대표 브랜드. 왁스 상인 트루동의 초에 대한 집념과 열정으로 완성된 유서 깊은 양초 브랜드는 루이 14세부터 나폴레옹 시대를 거쳐 프랑스 최고의 역사와 품질을 인정받으며 수세기 동안 그 독보적인 명성을 이어오고 있다. 씨흐 트루동 양초는 인체에 무해한 천연 재료만으로 제조되며 특별한 식물성 향들은 오랜 지속력을 자랑한다. 특히 파라핀 무함유 왁스만 고집하는데 이는 쌀, 콩과 코프라 오일로 제조되었고 친환경적인 생물분해성이라고 한다.

www.ciretrudon.com

담배 말고 브러시

켄트

사실 켄트Kent를 처음 알게 된 건 10여 년 전 도쿄에서였다. 이세탄Isetan 백화점이었는지 미쓰코시Mitsukoshi백화점이었는지는 기억이 가물가물하지만, 새롭고 신기한 칫솔, 치약을 발견하기만 하면 사고야 마는 나의 눈에 인공 소재가 아닌 매우 고급스러운 천연 모 칫솔이 들어왔다. '핸드메이드' 칫솔이라는 특별한 콘셉트에 마음을 빼앗겨 여러 개를 한꺼번에 구입했었다. 전통적으로 고래 뼈whale bone 소재로 제작된다는 남다른 켄트 칫솔이었지만, 사실 너무 뻣뻣해서 몇 번 사용하지 않았음을 고백한다. 평생 건강할 것만 같던 20대 후반이었으니 오랄비Oral-b 칫솔로 만족하고 남던 시절이었다.

그리고 4년 전, 잦은 염색과 펌으로 윤기를 잃은 나의 머릿결을 안타깝게 여긴 청담 끌로에 양희 원장님이 강력 추천해준 헤어브러시 켄트를 다시 만나게 되었다. 한국에서 8만 원 정도로 비싼 편이지만, 손에 대면 따가울 정도로 빳빳한 털로 만든 쿠션 브러시로 정성스럽게 빗질을 하면 신기하게도 머리에 번지르르 윤기가 흐른다. 두피 마사지 효과는 덤! 공해와 스트레스로 모발과 두피 건강에 관심을 갖고 있다면 평생 쓸 생각으로 좋은 빗 하나는 꼭 필요하다.

바쁜 아침, 헤어드라이 할 시간도 아까운 나에게 정말 좋은 빗이다. 어릴 때는 헬로 키티Hello Kitty가 그려진 플라스틱 빗을 꼭 챙겨 다녔고, 아베다Aveda와 같은 헤어 전문 브랜드의 빗은 물론 일본 장인이 만들었다는 대나무 빗도 써봤지만 브러시는 켄트가 최고라고 생각한다. 더욱이 함께 들어 있는 헤어브러시 클리너는 이 빗을 평생 깨끗하게 사용할 수 있게 해주는 아주 매력적인 친구다. 이 작은 브러시로 쿠션 브러시에 붙어 있는 머리카락들과 먼지, 노폐물을 말끔하게 청소할 수 있어 편리하다. 특히 집을 비울 때 켄트 브러시는 진가를 발휘한다. 출장, 여행 시 켄트와 함께하면 낯선 곳에서도 매끈한 스타일을 연출할 수 있다.

Kent

1777년 탄생 이래 240여 년 동안 브러시만 만들어온 진정한 브러시 메이커. 조지 3세 때부터 각 분야의 최고 제품에만 부여되는 '왕실 납품권Royal Warrant'을 수여 받고 현재까지 영국 왕실에서 사용되고 있다고 한다. 다양한 종류의 헤어브러시는 물론 보디, 메이크업, 면도, 칫솔에 이르는 250여 가지의 브러시를 선보이고 있으며 특히 전 공정이 100% 핸드메이드로 생산되는 아주 특별한 제품들은 평생을 두고 사용할 수 있는 고품질을 자랑한다. 장인이 만드는 세계 유일의 브러시 브랜드의 자부심으로 켄트의 모든 제품은 6주 이상의 기간을 거쳐 평생 수선이 가능하다고 한다.
www.kentbrushes.com

HAIR BRUSH
CLEANER
KENT.
THE WORLD'S FINEST BRUSHES
Made
in

EAU
COLOGNE
N°5
CHANEL

메릴린 먼로Marilyn Monroe(1926~1962)의 잠옷,
그리고 나의 향기로운 첫사랑

샤넬 N°5

나의 첫 향수는 우리 엄마 냄새였던 샤넬Chanel N°5.

고상하고 단아한 우리 엄마와 참 잘 어울리는 우아하지만 고혹적인 향기였다. 35년도 더 된 이 매그넘 사이즈 오 드 코롱 보틀Eau De Cologne Bottle에 담긴 아주 특별한 갈색 물은 엄마의 존재를 항상 특별하게 느끼게 해주었다. 지독한 마마걸이었던 나는 엄마가 귀찮아할 정도로 그녀를 졸졸 따라다녔는데, 엄마 품에서 나는 이 아름다운 향기가 너무 좋았다. 중학교에 들어가면서 친구에게 쓴 편지 한 귀퉁이에 이 향수를 뿌리거나 아무도 몰래 양쪽 귓불과 손목에 찍어 바르고 등교하면 '좋은 냄새'가 난다고 했다. 소녀의 향수 사랑은 그렇게 시작되었다.

샤넬 N°5는 여자라면 일생에 한 번은 꼭 써봐야 할 향수다. 1921년 5월 5일 탄생 이래 '향수는 N°5'라는 부동의 공식을 지켜내고 있는 데에는 분명한 이유가 있다.

교토의 에르메스

크림 컴퍼니

교토의 랜드마크, 주얼리 장인 아오키 토시카즈Aoki Toshikazu가 창조해 낸 하이 주얼리 브랜드 니와카의 플래그십 부티크. 안도 다다오Ando Tadao의 최근작인 이 고아한 건물 1층에서 숙련된 교토 장인들의 정성과 솜씨 가득한 다양한 상품들을 판매하고 있는 라이프스타일 스토어, 디자인 하우스Design House가 자리한다. 이곳에서는 '장인' 하면 연상되는 고루한 이미지는 잊어야 한다. 세상 어디에서도 본 적 없는 최신 감각의 소품들이 절로 물욕을 자극하기 때문이다.

5년 전, 주체할 수 없는 지름신의 강림 앞에서 '크림 컴퍼니Cream Company'라는 브랜드를 발견했다. 다채로운 무지갯빛 컬러와 클레망스Clemence를 연상하게 하는 곱고 보드라운 송아지 가죽, 그리고 간결한 디자인이 조화된 고급스러운 파우치와 숄더백들을 보는 순간 "앗, 에르메스 같아!"라는 반사적 외침이 저절로 나온다. 그런데 '교토의 에르메스'라는 별명에 부합하는 고품질의 제품에 어울리지 않는 합리적인 가격 앞에서 미안한 표정을 지어야 할지 기쁜 표정을 지어야 할지 난감하다. 핸드백 속을 깔끔하게 정리해주는 크림 컴퍼니 파우치를 색깔대로 모으고 있다. '절도節度'를 상징하는 듯한 간소한 디자인의 빅 사이즈 토트백tote bags은 언제 들어도 귀티가 난다. 교토에 갈 때마다 크림 컴퍼니를 만날 생각에 설렌다.

Cream Company

1945년 교토의 하라다 겐이치Harada Kenichi가 설립한 하라다 상점의 가방 브랜드. '크림 컴퍼니'의 고풍스러운 작업실에서는 오늘도 머리 희끗한 가방 장인들이 정성스럽게 재단된 엄선된 가죽 소재에 섬세한 수작업으로 단추를 달고, 재봉틀을 돌리며, 바느질을 하면서 '메이드 인 교토'의 긍지와 자부심을 이어가고 있다.
www.cream-kyoto.com

싱그러운 자연과
아름다운 상상의 조화

아틀리에 코롱

브랜드 스페셜리스트로서 새로운 브랜드를 한국 시장에 론칭하는 일은 매우 흥미롭다 못해 신이 난다. 특히 개인적으로 썩 마음에 드는 브랜드를 만났을 때는 새로운 연애를 시작하는 것처럼 가슴이 설렌다. 사심 가득한 '현지화brand localization 작업'이 시작되는 것이다. 애정을 듬뿍 담아서 말이다.

아틀리에 코롱Atelier Cologne, 세계 최초의 '코롱 압솔뤼Cologne Absolue' 하우스를 만났을 때도 그랬다. 2000년대 초 한국에 프레쉬Fresh를 론칭해 국내 화장품 트렌드를 바꾼 '코즈메틱계의 프런티어' 스프루스Spruce 코리아의 제니퍼 박 대표가 낙점한 니치 향수 브랜드라면 분명 무언가 특별한 것이 있을 것이라 예감했다.

평소 '레몬 냄새'가 난다고 할 만큼 시트러스citrus 향을 좋아하는 내가 아틀리에 코롱을 만난 것은 운명인 듯하다. 아틀리에 코롱이 지향하는 콘셉트가 바로 '궁극의 시트러스 향수'이기 때문이다. 이 세상에 없었던 아주 특별한 향수를 선보이는 컨템퍼러리 크리에이티브 퍼퓸 하우스, 아틀리에 코롱을 소개하려면 우선 코롱Cologne에 대한 설명이 필요하다. 아틀리에 코롱이 세계 최초로 선보인 신개념 향수 '코롱 압솔뤼'는 두 명의 향수 전문가의 코롱에 대한 아주 특별한 애정의 산물이며 헌사이기 때문이다. 1709년 독일 쾰른Köln에서 탄생한 싱그럽고 상쾌한 시트러스 향의 코롱. 특유의 청명함으로 유럽에서 대단한 인기를 얻었으며 나폴레옹은 하루에 두 병씩 사용할 정도로 코롱을 사랑했다고 전해진다. 그러나 코롱은 향기가 1시간 이상 지속되지 못하고 쉽게 날아가는 단점이 있어 향수 애호가들에게 항상 아쉬움을 남겼다.

오랫동안 세계적인 향수 레이블을 만들어온 퍼퓸 스페셜리스트이자 코롱 마니아였던 실비 갠터Sylvie Ganter와 크리스토퍼 세르바셀Christopher Cervasel은 코롱의 청명한 향기와 세련됨은 그대로 간직하고 지속력을 최대한 높일 수 있는 완벽한 코롱의 창조를 갈망했다. 그리고 2009년, 이들의 뜨거운 열정과 사랑을 담은 신개념 향수 '코롱 압솔뤼'를 선보이는 아틀리에 코롱이 탄생했다. 아틀리에 코롱이 신생 브랜드임에도 전 세계 향수업계가 주목하는 '크리에이티브 퍼퓸 하우스'로 급부상한 이유가 바로 '코롱 압솔뤼'라는 독창적이고 혁신적인 카테고리다.

누구도 상상하지 못한 2가지 콘셉트 '코롱'과 '퍼퓸'의 장점만을 극대화해 한 번 사용으로 8시간 이상 향기가 지속되는 '궁극의 신선함'을 구현한 것이 바로 '코롱 압솔뤼'인 것으로 15~20%에 이르는 에센셜essential 오일 원액을 함유한 아틀리에 코롱은 깊고 풍부하며 긴 여운을 가진 진정한 시트러스 계열의 향수를 지향한다. 베스트셀러 '오랑쥬 상

Atelier Cologne

2009년, 파리에서 탄생한 컨템퍼러리 프렌치 퍼퓸 하우스. '아틀리에 코롱Atelier Cologne'이 선보이는 신개념 향수 카테고리, 코롱 압솔뤼는 아틀리에 코롱의 창립자 겸 크리에이터 실비 갠터와 크리스토퍼 세르바셀이 창조한 '궁극의 시트러스 향조note'를 설명하는 새로운 대명사다. 오 드 코롱Eau de Cologne의 청명한 향기와 세련됨은 그대로 간직하되 지속력을 최대한 높일 수 있는 완벽한 코롱의 창조를 갈망한 두 명의 열정으로 '코롱'과 '퍼퓸'의 장점만을 극대화한 아틀리에 코롱 향수가 탄생했다. 깊고 풍부하고, 긴 여운을 가진 진정한 프레시 시트러스 향조를 지향한다.
www.ateliercologne.co.kr

긴느Orange Sanguine'를 뿌려, 상큼하고 싱그러운 블러드 오렌지blood orange 향이 코끝을 돌아 온몸을 감싸는 순간 이 의미를 자연스럽게 알게 된다.

아틀리에 코롱은 향수업계의 일반적인 트렌드와 상관없이 브랜드 특유의 독창성을 강조한 '코롱 압솔뤼 컬렉션'을 선보인다. 각각의 매혹적인 향수 레이블은 단순한 향기가 아닌 아름다운 상상이 만들어낸 완벽한 결과물로 각 향수의 영감의 원천이 된 드라마 같은 스토리와 매력적인 비주얼이 함께 소개되는 것이 특징이다. 사랑하는 연인과의 가슴 떨리는 기억, 인생의 새로운 시작, 눈부신 석양 아래서의 낭만적 파티 등 개개인의 오감을 일깨우는 나만의 향기를 찾아 마음까지 움직이는 향기를 선물한다. 최고의 메종 드 퍼퓸La Maison de Parfum을 지향하는 퍼퓸 하우스답게 아틀리에 코롱은 프랑스 그라스Grasse 지역의 진귀한 원료만을 사용하며, 레이블 부착까지 모든 제작 공정이 프랑스에서만 이루어진다고 한다. 그리고 고객의 마음을 사로잡은 차별화 요인 중 하나는 원하는 알파벳 이니셜을 다양한 색상의 컬러 파우치에 새겨주는 '모노그램Monogram 서비스'다. 사적인 취향을 배려함으로써 브랜드 가치가 배가된 사례인 것이다.

2014년 4월, 아틀리에 코롱은 한국에 안착했다. 좋은 브랜드를 알아보는 혜안을 지닌 프레스들이 뜨거운 관심을 보여줬고, 론칭과 동시에 현대백화점 본점에 부티크를 여는 좋은 결과를 거두었다. 사실 이 브랜드의 빠른 성공 요인은 '진정성'이라고 생각한다. 누구보다 향수를 사랑하는 전문가들이 만나 사랑에 빠졌고, 그 열정적 사랑의 결실로 만든 브랜드이기에 아주 작은 부분까지 남다르며, 섬세하고 아름답게 표현되었다고 생각한다. 사랑은 모든 것을 이긴다! Love conquers all!

Photographer **Shoky Van Der Horst @ kaptive agency**
Stylist **Agnès BOY**

INTERVIEW WITH THE BRAND CREATOR

실비의 아름다운 상상은 우아한 향수가 된다

이제까지 이 세상에 없었던 아주 특별한 향수, 아틀리에 코롱. 이 멋진 브랜드와 일할 수 있게 된 것은 브랜드 스페셜리스트로서 큰 행운이라고 생각한다. 아틀리에 코롱은 향수업계의 일반적인 트렌드에 연연하지 않고 브랜드 특유의 독창적인 크리에이티브로 창조한 코롱 압솔뤼 컬렉션을 선보인다. 각각의 매혹적인 향수 레이블은 단순한 향기가 아닌 아름다운 상상이 만들어낸 완벽한 결과물로 영감의 원천이 된 일상의 추억과 감성이 담긴 드라마틱한 스토리와 매력적인 비주얼이 함께 소개되는 것이 특징. 사랑하는 연인과의 가슴 떨리는 기억, 인생의 새로운 시작, 눈부신 석양 아래서의 낭만적 파티 등 개개인의 오감을 일깨우는 나만의 향기를 찾아 마음까지 움직이는 궁극의 향기가 바로 아틀리에 코롱인 것이다. 또 취향에 따른 레이어링layering을 통해 다양한 조합과 재해석이 가능한 무한 매력을 선사한다.

이 꿈같은 브랜드를 만들어낸 크리에이터이자 CEO인 실비 갠터Sylvie Ganter를 소개한다.

Q 당신이 하는 일이 궁금하다.

A 나는 향수 특히 코롱에 대한 각별한 애정으로 세계 최초의 신개념 향수 '코롱 압솔뤼 컬렉션'을 선보이는 아틀리에 코롱을 탄생시켰다. 2008년 남편 크리스토퍼 세르바셀과 함께 이 브랜드를 만들었고, 2010년 첫 향수를 출시했다. 프랑스 남부 지방 지중해 바다를 옆에 두고 있는 프로방스에서 자랐다. 마르세유 비즈니스 스쿨에서 MBA 과정을 수료한 후, 8년 동안 장인 정신과 진정성이 조화된 브랜드 에르메스에서 열심히 일한 결과, 에르메스 퍼퓸의 뉴욕 대표가 되었다. 그리고 5년 후, LVMH 그룹의 뷰티 브랜드 프레쉬 뉴욕의 부사장이 되었다. 모두 나를 전적으로 믿어준 결과였다.

Q 아틀리에 코롱의 탄생 배경이 궁금하다.

A 어린 시절부터 '코롱'을 사용했다. 시트러스 향은 삶에 생기와 활력을 불어넣어 준다고 믿는다. 수년 동안, 나는 피부에 닿았을 때 그 청명한 향기가 금세 날아가지 않고 지속되는 다양하고 개성적인 코롱을 개발하기 위한 연구를 했고, 그 속에서 나 자신을 발견했다. 크리스토퍼와는 첫 만남에서 운명을 느꼈다. 우리 둘은 코롱에 대한 각별한 애정과 열정을 갖고 있었기에 혼신의 힘을 다해 연구에 매달렸다. 그렇게 몇 년이 흐른 뒤, 아틀리에 코롱이 탄생했다. 첫 향수 '오랑쥬 상긴느Orange Sanguine'는 우리가 언제나 꿈꾸던 바로 그 향기였다. 당신을 온종일 웃게 하는 그런 향, 그리고 상쾌하고 신선하면서도 우아한 향기와 함께 생활할 수 있게 되었다.

Q 아틀리에 코롱을 대변하는 단어가 있다면.

A 진정성Authenticity, 장인 정신Craftsman's Spirit, 열정Passion

크리스토퍼와 나는 일을 하면서 사랑에 빠졌다. 우리는 매우 다른 듯하지만, 인생의 가치가 너무 비슷해 모든 것을 공유할 수 있는 사이가 되었다. 서로를 상호 보완해주는 완벽한 존재라고나 할까? 둘의 완벽한 동의 아래 중요한 사안들을 결정한다.

Q 아틀리에 코롱의 관점에서 향수를 정의한다면.

A 우리에게 코롱은 신선함뿐 아니라 미묘한 균형을 이루는 매우 우아한 향수를 의미한다. 당신이 코롱 압솔뤼를 뿌렸을 때, 주위 사람들은 전통적인 오 드 퍼퓸이나 다른 향수의 향기와 구분되는 분명한 매력을 느끼게 될 것이다. 우리만의 메종 드 퍼퓸을 창조하기 위해 나와 크리스토퍼는 코롱에 대해 매우 깊이 공부하고 연구했으며 창의성과 다양성을 발휘해야만 했다. 물론 지속성을 해결하는 것이 우리의 과업이었고, 향수 역사상 최초로 지속성이 뛰어난 코롱 압솔뤼를 창조해내기까지 오랜 시간과 많은 노력이 필요했다. 우리는 완벽한 코롱 압솔뤼를 탄생시키기 위해 가장 좋은 최상의 원료만을 사용하며, 15~20%의 고농도 에센셜 오일 함량을 고집한다. 코롱 압솔뤼 제조 과정의 핵심은 향수의 전통적 성분인 시트러스 노트note 사이에서 완벽한 작용이 가능한 더 강력한 '커플' 재료를 찾아내는 것이다. 예를 들어, 오랑쥬 상긴느Orange Sanguine의 블러드 오렌지와 재스민, 세드라 에니브랑Cédrat Enivrant의 세드라와 주니퍼 베리, 미스트랄 파촐리Mistral Patchouli의 포멜로와 파촐리, 그랑 네롤리Grand Néroli의 네롤리와 바닐라의 조합같이 말이다. 이렇듯 아틀리에 코롱의 향수들은 2가지 이상의 성분을 함유하고 있는데 이는 최고의 조합을 찾기 위함이다. 또 우리는 프랑스 남부 그라스 지역에서 생산되는 최고 품질의 친환경적 에센셜 오일만을 엄선해 사용하고 있다. 섬세하고 까다로운 이러한 과정 탓에 새로운 향수를 완성하기 위해서는 약 2~5년이 걸린다.

Q 아틀리에 코롱 브랜드에 관련한 새로운 소식이 있다면.

A 2015년은 더욱 바쁜 한 해가 될 것 같다. 향수뿐만 아니라 보디 컬렉션에 다양한 향을 선보이고 캔들, 디퓨저 등 라이프스타일을 강조한 홈 컬렉션의 확장을 계획하고 있다.

Q 당신의 삶과 성공의 원동력은 무엇인가?

A 크리스토퍼와 나는 우리의 모든 시간과 사랑 그리고 에너지를 '아이들'을 키우는 데 쏟아부었다. '아이들'이란 아틀리에 코롱과 5명의 자식들이다. 매일 그들의 성장을 지켜보는 것이 매우 기쁘고 자랑스럽다. 5명 아이들 사이의 주도권 경쟁은 놀라울 정도이고, 날마다 더욱 행복한 가족으로 발전하고 있다고 확신한다. 이것이 바로 내 삶의 원동력이다. 아틀리에 코롱은 우리의 인생에 선물과도 같다. 이제 우리의 '아이들'을 세계 최고의 백화점들에서 만날 수 있고, 수많은 고객에게 언제나 특별한 경험을 제공하기 위해 무한 열정을 쏟고 있다. 그들이 매일 성장하는 것을 지켜보는 것이 부모로서 매우 기쁘고 자랑스럽다. 날마다 더욱 단단하고 즐거움 가득한 가족으로 발전하는 느낌이 든다. 이것이 바로 내 삶의 원동력이다. 성공한 인생이란 결국 매일 사랑하는 사람들과 추억을 만들며 좋아하는 일에 열정을 다하는 것이라고 생각한다.

Q 당신의 인생을 이끄는 롤모델이 있다면?

A 내 남편이자 동업자 크리스토퍼. 그는 나에게 언제나 슈퍼히어로다.

처치스

존 롭John Lobb이나 벨루티Berluti 같은 수백만 원짜리 구두는 언감생심 평생 신어보지 못할 수도 있다. 하지만 남자라면 처치스Church's 한 켤레쯤은 꼭 가지고 있어야 한다고 생각한다. 영국 태생의 신사화 브랜드는 물론 에드워드 그린Edward Green, 크로켓 앤 존스Crockett & Jones도 빼놓을 수 없지만 품질과 디자인, 가격의 삼박자를 모두 고려한다면 정답은 역시 처치스다. 윈스턴 처칠Winston Churchill(1874~1962)부터 토니 블레어Tony Blair(1953~) 같은 영국 정치인이 선호한다는 것은 보수적이지만 정중한 품위를 간직한 신사의 구두라는 뜻일 것이다. 패션에 정통한 남자가 아니라면 비슷한 가격대의 크로켓 앤 존스를 옷과 매치하기가 쉽지 않다. 특별한 멋을 부리지 않는 베이식 스타일의 남자라면 더더욱 망설일 필요가 없다. 기본적인 정장 구두 콘술Consul이나, 윙팁wingtip 디자인의 베스트셀러, 첸윈드Chetwynd를 선택하면 일생 동안 후회할 일이 없을 것이다.

회사원이 된 이후 15년 이상 패션 트렌드에 관심이 없어진 남편의 구두도 역시 처치스다. 주변의 지인들에게 권하는 구두도 물론 처치스다. 단화를 별로 좋아하지 않는 내가 제일 아끼는 윙팁도 당연히 처치스다.

구두 한 켤레당 150단계에 이르는 수작업 공정을 거쳐 7~8주에 이르는 제작 기간, 신을수록 착용자의 라스트에 맞게 구두 모양이 변화하는 굿이어웰트Goodyear-welted 공법, 수년 동안 신어도 튼튼한 엄선된 소가죽 소재, 시대를 초월한 클래식한 디자인 등 대단한 세련미는 없지만 기본을 제대로 갖춘 브랜드 처치스. 평생 함께하려면 질리지도 넘치지도 않아야 한다는 것을 이 브랜드는 충분히 설명하고 있다.

Church's

1873년, 영국의 구두 장인 토머스 처치Thomas Church의 작은 구두 가게에서 출발한 브랜드. 1929년대부터 뉴욕은 물론 세계로 진출해 신사들의 사랑을 받게 되었다. 장인 정신을 기반으로 클래식 라인은 물론 로퍼Loafer, 드라이빙 슈즈, 여성용 라인까지 선보이고 있다. 1999년, 이탈리아 프라다Prada그룹에 인수합병 되었다.
www.church-footwear.com

Church's
LONDON
MILAN

하이 주얼리의 새로운 별

에이치 스턴

H.Stern

1945년 브라질 리우데자네이루에서 독일 사업가 한스 스턴에 의해 탄생된 주얼리 브랜드. 예술 작품에 비견될 만한 아름다운 디자인의 주얼리 컬렉션을 선보이며 전 세계 여성들에게 사랑을 받고 있다. 특히 자연주의의 영향을 받은 인체공학적 디자인의 주얼리들은 성공한 여성들이 자신에게 직접 선물하는 '석세스 아이콘Success Icon' 주얼리로 이름나 있다.

www.hstern.net

2012년 늦가을, 서울 도산공원에 새로운 별이 떴다. '스타 컬렉션'으로 전 세계에 이름을 알린 주얼리 브랜드 에이치 스턴H.Stern이 한국 공식 론칭 및 플래그십 부티크를 연 것이다. 1년 동안 정성을 쏟은 프로젝트가 드디어 결실하는 순간이었다. 전 세계의 수많은 브랜드와 일하고 있지만, 이른바 '제3세계 럭셔리 브랜드'를 한국에 소개한다는 자체가 매우 흥미로운 작업이었다. '명품'이라고 하면 흔히 유럽, 미국 또는 일본 브랜드를 떠올리기 마련인데 뉴욕에서 그 존재를 알게 된 멋진 디자인의 주얼리 브랜드가 '브라질' 태생이라니, 나의 타고난 호기심과 모험심이 또 발동해 론칭 프로젝트에 기꺼이 참여하게 되었다.

쇼메는 물론 루시에, 데이빗 여먼, 프라이 빌레Frey Wille 등 다양한 성격의 주얼리 브랜드를 론칭해본 나였지만 에이치 스턴은 매우 특별한 브랜드였다. 1945년, 독일계 유태인 한스 스턴Hans Stern이 젊은 시절 우연히 알게 된 컬러 스톤들에 지대한 관심을 가지고 브라질로 이주하여 주얼리 회사를 설립한 브랜드 스토리는 흥미진진한 한 편의 소설 같았다. 스물두 살의 청년이 전 재산이었던 아코디언을 처분하고 은행에서 대출을 받아 브라질에서 작은 주얼리 회사를 만들고, 무한한 천연자원 속에서 발견한 여러 가지 희귀한 컬러 원석들의 폄하된 가치를 격상시켜 보석의 역사를 다시 쓴 것이다. 다이아몬드, 루비, 사파이어, 에메랄드만이 보석으로 가치를 인정받던 시대에 한스 스턴은 에이치 스턴을 통해 아콰마린Aquamarine, 투르말린Tourmaline, 자수정Amethyst, 토파즈Topaz 같은 프레셔스 젬 스톤Precious Gem Stone을 매혹적인 디자인의 주얼리로 제작 소개하면서 새로운 가치와 아름다움을 부여했다. 에이치 스턴은 빠른 속도로 사람들에게 각인되었고, 주얼리업계의 반짝이는 별로 떠오르게 되었다. 실제로 리우데자네이루Rio de Janeiro를 방문했던 사람들은 브라질을 대표하는 브랜드이자 이 도시의 랜드마크로 에이치 스턴 주얼리 뮤지엄을 기억하고 있다.

또 〈섹스 앤 더 시티Sex and the City〉를 통해 집중 소개된 극도로 세련된 디자인의 주얼리들은 뉴욕 5번가의 부티크와 니먼 마커스Neiman Marcus 같은 고급 백화점에서 판매됨으로써 많은 사람이 미국 브랜드로 착각할 정도로 업타운 뉴요커, 그리고 레드카펫 여신들의 사랑을 받고 있다.

개인적으로 내가 제일 아끼는 주얼리는 '스타 컬렉션'이다. 독일어로 '별star'을 뜻하는 스턴Stern은 에이치 스턴의 상징이기도 하다. 1990년대 빅토리아 스타일 티아라Queen Victoria's Tiara에서 영감을 받아 탄생했으며 앤티크한 노블 골드에 모던 룩을 가미한 현대적 디자인이 아주 마음에 든다.

한스 스턴의 아들로 2007년부터 에이치 스턴의 크리에이티브 디렉터이자 CEO를 맡고 있는 로베르토 스턴Roberto Stern의 예술과 문화에 대한 식견과 소양이 반영된 구조적이면서도 자연미가 돋보이는 다양한 컬렉션들은 여자들의 마음을 빼앗기 충분하다. 패션 디자이너 다이앤 본 퍼스텐버그Diane von Furstenberg, 건축가 오스카 니마이어Oscar Niemeyer와 브라질 미나스 제라이스 주Estado de Minas Gerais의 댄스 컴퍼니 구르포 코포Grupo Corpo 등과 지속적으로 협업해 주얼리 브랜드의 별이 된 에이치 스턴은 수백 년의 역사를 자랑하는 하이 주얼리 브랜드들에 비하면 턱없이 짧은 역사에도 독창성과 장인 정신으로 세계에 이름을 알린 부러운 브랜드다.

L'EAU
diptyque
ROSES
PHILOSYKOS
L'OMBRE DANS L'EAU
L'OMBRE DANS L'EAU
FIGUIER

2000년대 초까지만 해도 패션 디자이너, 패션 하우스 레이블의 향수가 대세를 이루었다. 그러다 우연히 파리 출장에서 범상치 않은 브랜드 하나를 발견했다. 아름다운 거리 파리 생제르맹Sain. Germain 34번가에는 1961년 오픈 후 지금까지 같은 자리를 지키고 있는 딥티크Diptyque 매장이 있다. 그곳의 문을 열고 들어서는 순간 어떤 단어로도 형용할 수 없는 천상의 향기가 나를 맞이하고 아름다운 오브제와의 특별한 만남, 마치 시를 읽는 듯 서정적이며 심미적인 상상을 불러일으키는 감각의 경험이 시작되었다.

디자인을 공부한 세 명의 친구들 데스몽 녹스-리트Desmond Knox-Leet, 크리스티앙 고트로Christiane Gautrot, 이브 쿠에랑Yves Coueslant의 향에 대한 열정과 디자인을 사랑하는 마음, 그리고 각 디자이너의 남다른 감각과 개성이 어우러져 탄생한 딥티크 스토리를 전해 들은 순간, 특별한 인연을 예감했다.

2008년, 니치 브랜드 스페셜리스트로서 한국에 로라 메르시에Laura Mercier를 비롯한 진정성 있는 다양한 브랜드를 소개해온 우리 회사(BMK Ltd.)에서 드디어 한국에 딥티크를 론칭하게 된 것이다. 향수, 향초, 방향제, 스킨케어, 보디 제품 등으로 구성된 딥티크 전 제품의 독특한 원료들은 100% 천연 자연 재료를 사용한다. 예를 들어 라벤더 엑기스 1kg을 얻기 위해서는 200kg의 라벤더를 증류해야 하며, 센티폴리아 로즈centifolia rose 1kg을 만들기 위해서는 장미 300kg이 필요하다. 또 모든 라벨은 오리지널 그림들이며 데스몽 녹스-리트와 이브 쿠에랑이 직접 디자인한 것이고 각 그림은 스토리를 전달하며 소중한 꿈을 일깨워준다. 이렇듯 높은 품질의 에센스 성분과 심플하지만 스토리와 영감이 녹아 있는 패키징packaging, 우아한 디자인과 로고체, 그리고 블랙 앤 화이트의 모노톤 컬러로 표현되는 이미지가 바로 딥티크만의 DNA이다.

이미 수년 전부터 패션 디자이너의 이름이 아닌 조향사가 주연이 되어, 그들의 취향을 바탕으로 향을 만들고 원료에도 세심히 신경을 쓰는 니치 향수에 시선이 집중되며 대대적인 물량 공세가 아닌 개인적인 취향을 고려한 희소한 향수 브랜드들이 대세를 이루고 있다. 아름다운 패브릭, 예술적 영감으로 충만한 오브제, 세 창립자에 얽힌 놀라운 헤리티지heritage와 기억으로 창조된 딥티크가 향수 시장, 아니 최신 라이프스타일 흐름을 주도하고 있다는 것은 두말할 필요도 없다.

딥티크를 진정 사랑하는 1인으로서 창의적이고 진정성 있는 고품격 향기 문화를 대표하는 이 훌륭한 브랜드가 유럽뿐 아니라 전 세계인의 사랑과 관심 속에서 더 훌륭하고 멋진 라이프스타일 브랜드로 성장할 수 있기를 기대한다.

-BMK Ltd. 부사장, 김현주

Diptyque

1961년, 디자인을 공부한 세 명의 친구들, 데스몽 녹스-리트, 크리스티앙 고트로, 이브 쿠에랑이 파리 생제르맹 거리에 직접 디자인한 천과 인테리어 소품, 영국 향수 등을 판매하는 잡화점을 연 이후, 1963년 첫 향초 '오베핀Aubepine', 1968년 첫 오드 투알레트Eau de Toilette로 '로L'au'가 탄생했다. 그들이 추억하는 매혹적인 장소를 재현한 독창적인 향수를 창조해내면서 니치 향수 브랜드의 리더로 자리매김했고 나아가 전 세계인들에게 사랑받는 라이프스타일 브랜드로 발전을 거듭하고 있다.
www.diptyqueparis.com

이 세상에서 가장 아름다운 블루 박스

티파니

'부잣집 자식'의 영어 표현인 'He was born with a silver spoon in his mouth(은수저를 물고 태어나다)'를 경험할 수 있는 브랜드가 있다. 여자라면 누구나 한 번쯤 꿈꾸는 로망의 주얼리 브랜드 '티파니Tiffany&Co.'.

1961년 개봉한 영화 〈티파니에서 아침을Breakfast at Tiffany's〉의 여주인공 '홀리(오드리 헵번Audrey Hepburn)'가 동경하는 상류사회를 상징하는 보석상이기도 한 바로 그 '티파니'. 말이 필요 없는 최고의 보석 브랜드 티파니에서 내가 제일 아끼는 제품은 사실 '실버 컬렉션'이다. 범접하기 힘든 하이 주얼리 컬렉션은 마음에서 접어두고, 상대적으로 실용적인 '스털링 실버sterling silver 컬렉션'에서 큰 만족을 느낀다.

1990년대 초, 롯데백화점 본점에 국내 최초의 티파니 매장이 생겼다. 티파니 블루 박스Tiffany Blue Box만 봐도 가슴이 두근거리던 그때 여대생이 누군가에게 특별한 선물로 받을 수 있는 티파니 제품이란 '스털링 실버 컬렉션'과 다이어리, 볼펜이면 정말 최고였다. 엘사 퍼레티Elsa Peretti와 팔로마 피카소Paloma Picasso의 유기적이면서도 사랑스러운 디자인 제품을 특히 좋아했는데, 20년 전에도 실버 목걸이 가격이 최저 20만 원대는 다 넘었으니 손이 후들거릴 만큼 고가였다. 딱 서른 살까지 모은 여러 가지 디자인의 스털링 실버 컬렉션은 고스란히 대물림하기를 기다리고 있다.

또 1990년대에 미국 여행을 갔을 때 보스턴에 살고 있는 한 지인이 조카의 탄생을 축하하기 위해 '실버 스푼'을 사던 모습이 매우 인상적이었다. 그 후 나 역시 절친한 지인들이 2세를 낳으면 티파니에서 실버 스푼이나 실버 래틀Rattle(딸랑이)을 선물하게 되었다. '귀한 아이의 탄생'을 축하하는 의미가 가장 크지만, '은' 자체가 지닌 뛰어난 항균력과 살균력 때문에 아이가 안심하고 사용할 수 있어 더욱 가치 있다고 생각한다.

2004년에 태어난 우리 딸 역시 티파니 실버 스푼과 실버 래틀을 선물 받았다. '은 딸랑이'는 이제 미국에서도 판매되지 않아 리미티드 에디션이 된 제품이 되어버렸다. 지난 11년 동안 흠집 하나 없이 청명한 소리를 내는 은 딸랑이는 앞으로 20년쯤 잘 간직하고 있다가 딸아이가 아이를 낳으면 선물할 것이다.

Tiffany&Co.

1837년 뉴욕에서 '가장 아름다운 다이아몬드에 대한 열정'을 가진 찰스 루이스 티파니Charles Lewis Tiffany에 의해 탄생한 최고의 주얼리 브랜드. 티파니 옐로 다이아몬드와 화이트 리본과 조화를 이루는 티파니 블루 박스Tiffany Blue-Box는 이 브랜드의 상징으로 잘 알려져 있다. 장 슐륑베르제Jean Schlumberger, 엘사 퍼레티 팔로마 피카소가 디자인한 특별한 주얼리 컬렉션은 물론 다양한 액세서리와 기프트 컬렉션, 워치 컬렉션 등을 선보이고 있다.

www.tiffany.com

여자의 꿈, 그리고 사랑

로저 비비에

"당신 없이도 살 수 있어요.
하지만 당신을 사랑하지 않고는 살 수 없어요."

-영화 <Be Loved> 중

1960년대 파리의 로저 비비에 부티크 점원 마들렌이 '레드 슈즈'를 훔쳐 신고 나온 후 만난 인연, 체코 의사 자호밀과 45년간의 사랑과 인생을 그린 영화 <비 러브드Be Loved>. 이 아름다운 뮤지컬 영화에서 마들렌이 자호밀에게 전하는 사랑의 대사는 나의 마음과도 일맥상통한다. 어쩌면 크리스토프 오노레Christophe Honoré 감독은 여주인공 마들렌을 통해 '로저 비비에'에 대한 특별한 헌사를 전한 것이 아니었을까. 나를 포함한 전 세계 여성들에게 극도로 탐미적인 구두 브랜드를 각인시켜주고 싶었던 것 같다.

2005년 2월, 파리 컬렉션 출장길에 나의 생애 첫 로저 비비에를 갖게 되었다. 1998년 로저 비비에Roger Vivier(1907~1998) 사망 후 토즈 그룹이 선택한 환상의 파트너, 크리에이티브 디렉터 브루노 프리소니Bruno Frisoni와 홍보대사 이네스 드 라 프레상주Inés de La Fressange가 화려하게 부활시킨 로저 비비에는 2004년 파리 포부르 생오노레Faubourg Saint-Honoré에 플래그십 부티크를 오픈했다. 이후 처음 열린 프레스 프레젠테이션에 참석했다가 그 자리에서 '버클buckle' 펌프 슈즈를 구입했다. 구두 앞코를 도도하게 장식한 커다란 크롬 버클이 달린 클래식 펌프 슈즈는 사선 모양이 매우 독특한 버귤Virgule 힐과 함께 압도적 매력으로 나를 사로잡았다.

1965년 이브 생 로랑 몬드리안 컬렉션Yves Saint Laurent Mondrian Collection의 액세서리로 첫 등장한 이후 영화 <세브린느Belle de Jour>에서 카트린 드뇌브Catherine Deneuve가 신고 나온 바로 그 버클 펌프는 로저 비비에의 상징이며 시대를 초월한 우아함의 전형이다.

그리고 10년이 지났다. 클래식부터 리미티드 에디션까지 다양한 디자인의 구두와 백 컬렉션은 물론 선글라스와 주얼리 컬렉션까지 여자들이 동경하는 액세서리들만을 소개하면서 로저 비비에는 '사랑하지 않을 수 없는' 브랜드로 우뚝 서 있다.

그 세월 동안 내 신발장에도 클래식 버클 펌프 슈즈classic buckle pumps shoes뿐 아니라 오픈토 슈즈open toe shoes 등 여러 켤레의 '로저 비비에'가 생겨났다. 10년이 또 지나도 그 매혹적인 맵시는 변할 리 없을 것 같다.

Roger Vivier

로저 비비에는 1937년 파리 로얄 22번지에서 탄생한 이래 파리지엔 스타일을 대표하며 여성 슈즈 컬렉션을 예술의 경지로 승화시킨 브랜드로 평가받고 있다. 1965년 이브 생 로랑 몬드리안 컬렉션의 액세서리로 등장한 크롬 버클 펌프 슈즈는 이 우아한 브랜드의 상징이며, '버귤', '초크Choc', '스피어Sphere' 등 여자들을 사로잡을 특별한 디자인으로 시대를 초월한 사랑을 받고 있다. 1998년 거장 슈즈 디자이너 로저 비비에 사망 후 2004년부터 크리에이티브 디렉터 브루노 프리소니Bruno Frisoni에 의해 액세서리 하우스를 넘어선 진정한 럭셔리 브랜드로 도약하고 있다.
www.rogervivier.com

Roger Vivier

고귀하다는 것

아이데스 데 베누스타스

브랜드 스페셜리스트로서 일하는 가장 큰 기쁨은 한국에 론칭하는 새로운 브랜드를 가장 빨리 접할 수 있고, 각각의 DNA와 내면을 깊이 알 수 있다는 것이다. 세월이 갈수록 느끼는 건, 태생적으로 호기심이 충만한 나에게 참 잘 맞는 직업이라는 사실이다.

현재 한국 뷰티 시장은 '향수의 전쟁'이라고 할 정도로 그 어느 때보다 향에 주목하고 있다. 엄마의 샤넬Channel 'N°5'와 나의 첫 향수 캘빈 클라인Calvin Klein '이터너티Eternity'를 거쳐 조 말론Jo Malone '라임 바질 앤 만다린Lime Basil & Mandarine', 아쿠아 디 파르마Acqua Di Parma '콜로니아Colonia', 딥티크Diptyque '롬브르단로L'Ombre Dans L'Eau', 산타 마리아 노벨라Santa Maria Novella '아쿠아 디 시실리아Acqua Di Sicilia', 르라보Le Labo '베티버46Vetiver 46' 등 수많은 향기와 사랑에 빠졌던 나는 정말 운 좋게도 '퍼퓸 홀릭'답게 멋진 브랜드들과 특별한 인연을 맺게 되었다. 니치 퍼퓸 시대를 연 딥티크의 한국 론칭 프로젝트를 맡았던 것이 벌써 6년이 넘었고, 2014년 초부터 코롱 압솔뤼라는 신개념 향수 카테고리를 창조해낸 아틀리에 코롱의 론칭과 홍보를 맡아 정말 행복하게 일하고 있다. 또 패션 피플이 사랑해 마지않는 스타일리시 퍼퓸 '바이레도Byredo', 400년 피렌체 전통과 역사를 자랑하는 '산타 마리아 노벨라', 이어 아름다움을 향기로 형상화한 향수의 명작 '아이데스 베누스타스Aedes de Venustas'를 홍보하는 행운을 누리게 되었으니 이보다 더 좋을 수 없는 날들을 보내고 있다.

다소 생소한 브랜드인 아이데스 데 베누스타스는 고대 라틴어로 '아름다움의 신전'이라는 뜻이다. 1995년 뉴욕에서 독일 출신 칼 브래들Karl Bradl과 로버트 거스너Robert Gerstner가 탄생시킨 뷰티 편집매장으로 맨해튼 크리스토퍼가Christopher St. 9번지에 부티크가 자리한다. 전 세계에서 엄선한 니치 퍼퓸과 캔들을 소개하면서 셀러브리티와 패션 디자이너들이 즐겨 찾는 업타운 뉴욕의 명소로 자리매김했다.

2012년, 첫 향수 '시그너처Signature'를 선보이며 향수 브랜드로서 새로운 도약을 시도했다. 이어 '오이예 벵갈Oeillet Bengale'과 '아이리스 나자레나Iris Nazarena'를 차례로 선보였고, 특히 오이예 벵갈은 프랑스 식물학자이자 화가 피에르 조제프 르두테Pierre Joseph Reduotè(1759~1840)의 1824년 작품 '카네이션이 되고 싶은 장미Les Roses'에서 영감을 받아 탄생한 이름처럼 아주 흥미로운 향수다. 2014년 세계 향수 대회Perfume Extraordinaire of the Year에서 1위를 수상한 제품답게 단순한 장미 향이 아닌 블랙 페퍼black pepper, 시나몬cinnamon, 카다몬cadamon, 사프론saffron이 조화된 신비로운 오리엔탈 향이 매혹적이다.

'고귀하다'는 단어로밖에는 표현할 수 없는 브랜드 아이데스 데 베누스타스는 기품 넘치는 향수 보틀과 골드 빛 캡에 음각된 브랜드 로고에 반하고, 우아한 향기에 취한다. '고급스럽다'라는 말은 이 브랜드를 위해 만들어졌다는 생각을 자꾸만 하게 된다.

Aedes de Venustas

1995년 뉴욕에서 독일 출신 칼 브래들과 로버트 거스너에 의해 탄생한 프리미엄 뷰티 편집매장이며, 니치 퍼퓸 브랜드이기도 하다. 맨해튼 크리스토퍼가 9번지에 부티크가 있으며 2012년부터 매해 아이데스 데 베누스타스 브랜드 향수를 출시하고 있다. 특히 조향사 로드리고 플로레 루Rodrigo Flores-Roux가 개발한 향수 '오이예 벵갈Oeillet Bengale'은 세계 향수 대회에서 1위를 차지해 큰 화제가 되었다.
www.aedes.com

우아한 축배를 위한 고유명사

돔 페리뇽

"샴페인 없는 기쁨은 거짓에 불과하다
Pleasure without Champagne is purely artificial"
- 오스카 와일드Oscar Wilde

샴페인의 맛을 언제부터 탐닉하게 되었는지 정확히 기억이 나지 않는다. 하지만 탄산수의 청량한 기포가 그렇듯 가슴속까지 짜릿하게 파고드는 샴페인 방울의 깊은 울림과 확실한 분위기 메이커로서의 그 독보적 존재감은 이를 사랑하지 않고는 견딜 수 없다.

모엣 샹동 브뤼 임페리얼Moët & Chandon Brut Imperial로 시작된 이 호화로운 버블과의 사랑은 20여 년의 세월 동안 결정적 희로애락을 함께하며 더욱 깊어져가고 있다. 지고지순한 사랑이지만 그 대상은 참 다양하다. 크뤼그Krug, 볼랭제Bollinger, 폴 로저Pol Roger, 자크송Jacquesson, 랑송Lanson, 앙리오Henriot, 앙드레 클루에Andre Clouet, 드라피에Drappier 그리고 루이 뢰데레Louis Roederer에 이르기까지 나의 태생적 호기심과 미각을 자극하는 이름들 앞에서 끓어오르는 욕망을 참지 못하고 헌납한 지폐가 얼마일까? 그러나 진정한 축배가 필요한 날 찾게 되는 샴페인은 따로 있다. 돔 페리뇽Dom Pérignon, 환희와 행복의 순간을 축하하는 나의 오랜 습관 같은 친구의 이름이다.

특히 대부분이 생산 연도가 표기되는 빈티지Vintage 샴페인이고 그중에서도 더욱 좋은 빈티지를 또 선별해 14년 이상을 숙성시킨 외노테크 샴페인으로 구분된다. 품질 좋은 빈티지 샴페인의 숙성 기간을 연장해, 그 특별한 맛을 극대화한 외노테크 샴페인은 희소가치와 독특한 개성을 지니고 있다.

이 책의 원고를 마치는 날 , 아껴두었던 돔 페리뇽 외노테크Oenothèque 1996을 마실 작정이다. 최근 20년간 가장 우수한 빈티지로 로버트 파커Robert Parker를 비롯한 엄격한 와인 전문가들에게 찬사를 받은 1996년 빈티지의 맛은 상상만 해도 설렌다.

"너무 많은 것이 꼭 좋은 것은 아니지만, 샴페인만은 많을수록 좋다! Too much of anything is bad, but too much Champagne is just right"라는 마크 트웨인Mark Twain의 말처럼 샴페인 터뜨릴 일들로 가득한 미래를 꿈꿔본다.

Dom Pérignon

17세기 프랑스의 수도사 돔 피에르 페리뇽Dom Pierre Pérignon이 우연히 지하 저장고의 와인 한 병이 터진 것을 발견하고 맛보면서 그 '별처럼 황홀한 맛'에 반해 연구를 시작, 세계 최초이자 최고의 샴페인 '돔 페리뇽'이 탄생하게 되었다. 샹파뉴 '오빌레Hautvillers' 지역의 2가지 포도 품종, 즉 피노 누아르Pinot Noir와 샤르도네Chardonnay를 사용해 7년의 숙성 시간을 거쳐 완성되는 돔 페리뇽은 포도가 풍작인 해에 가장 토양이 훌륭한 '그랑 크뤼Grand Cru' 포도밭의 포도만을 단 한 번만 짜내는 '그랑 퀴베Grand Cuvee' 양조법을 고수하는 '프레스티지 샴페인Prestige Champagne'의 대명사다.
www.domperignon.com

Dom Pierre PÉRIGNON · Hautvillers
Champagne
Dom Pérignon
Vintage 2003
750ml
Brut

샹파뉴 조제프 데뤼에

선택의 가능성에 '개인의 취향'을 두고 이야기한다. 갈수록 좋아하게 되는 맛이란 게 인생관과 겹쳐진다고 보면, 나는 달지 않은, 드라이한 '브뤼brut'를 좋아한다.

"만만하게 봤다가는 취하기 딱 좋다"는 와인 중에서도 샴페인 기호는 더 그렇다. 샴페인 병을 열 때에도 '조건'을 두는 편이다. 샴페인은 웬만해서는 혼자 열지 않는다. 왜냐고? 다양한 알코올 음료를 때때로 혼자 마시는 시간을 즐기지만, 샴페인만큼은 혼자 마시면 도무지 맛이 없기 때문이다. 유서 깊은 프랑스 샹파뉴 지역 오빌레Hautvillers 마을에서 1888년부터 샴페인을 만들기 시작한 100여 년의 역사를 지닌 '샹파뉴 조제프 데뤼에Champagne Joseph Desruets'의 현재를 이끌어가고 있는 토마스 김도 그랬다. "뻔한 말이지만 샴페인을 최고로 맛있게 즐기는 방법은, 좋아하는 사람들과 함께하는 자리다"라고.

오래 알고 지내는 한 선배가 이른바 '쌉싸래한 맛'에 대한 칼럼을 쓴 일이 있다. 흔히 커피의 심장이라 칭하는 에스프레소를 주제로 선배가 주장한 핵심은 이랬다. "쓴 에스프레소를 즐기는 짧은 한때를 위해 기꺼이 머신을 집에 들이는 사람은 사람을 좋아한다." 세상의 쓴맛에 좀 더 긍정적인 호기심을 갖게 된 계기다. 그때부터 선배가 내게 쏟는, 입에 쓴 얘기를 잘 듣는 귀도 열게 되었다. 그렇게 '맛'이라는 창구를 '관계'의 맥락으로 열어두고 산다. 《지상의 식사》를 쓴 나카무라 가즈에Nakamura Kazue는 말했다. "한 잔의 물이 때와 장소에 따라서는 이 세상 그 무엇보다 맛있다. 맛은 삶의 문맥 위에 있다"고. 샴페인이 가장 맛있는 때는 좋은 사람 '곁'에서다. 그래서 좋은 샴페인을 손에 넣으면 아껴둔다. 그 가운데 하나가 샹파뉴 조제프 데뤼에다. 자기 밭에서 생산된 포도로만 와인을 빚는 '레코르탕-마니퓔랑(RM)'으로서 1939년부터는 독립 샴페인을 생산해온 '샹파뉴 데뤼에'는 약 4000kg의 포도를 압착할 수 있는 오크로 제작한 1888년생 프레스 머신을 지금까지도 그대로 사용한다. 샹파뉴 지역에 남아 있는 마지막 오리지널 프레스 머신Darcq Framain으로 수공예의 예술을 고집스럽게 지켜가는 조제프 데뤼에 가문에 입양되어 자라 다섯 번째 후계자가 된 토마스 김에게, 샴페인이란 '인생의 모든 것Everything of Everything'이다. 오늘에 이르기까지 스스로를 이방인 혹은 경계인에 두기도 했던 슬픈 마음을 위로해주었던 것은, 늘 곁에 있어준 가족을 단단한 끈으로 이어주었던 것은 '샴페인'이었다. 샹파뉴 조제프 데뤼에의 병을 열 때마다 생각한다. 오래전 읽은 《명가의 술》의 한 대목이다. '술은 기쁠 때 마시는 거다. 괴로울 때, 슬플 때 마셔선 안 된다. 홧김에 마시는 술은 술을 만드는 사람에 대한 모독이다. 단, 한 가지 예외만 인정하면 그건 사랑하는 사람을 잃었을 때다.' 와인 속에는 '시간'이 저장되어 있다. 그 시간을 엮어가는 '사람'의 이야기가 늘 흥미로운 이유다. 나에게 와인은 '이야기의 맛'인 셈이다. 마지막 순간까지 훌륭한 것, 끝 맛의 기억이 오래 남아서 자주 그리워지는, 그런 맛을 좋아한다.

-라이프스타일 칼럼니스트, 장남미

Champagne Joseph Desruets

오직 3120병만 한정 생산한 샴페인 조제프 리미티드 에디션 '라 바쿠스La Bacchus'로 유명한 샹파뉴 조제프 데뤼에는 '샴페인의 아버지'인 돔 페리뇽의 고향으로 유명한 유서 깊은 프랑스 샹파뉴 지역 오빌레 마을에서 1888년부터 샴페인을 만들기 시작한 독립 와인 제조 기업이다. 샹파뉴 조제프 데뤼에의 현재 오너는 데뤼에 가문에 입양되어 와인메이커로 자란 두 한국인이다. 2013년, 한국에 샴페인 수입을 전문으로 하는 '샴페인 1888'을 설립한 토마스 김 데뤼에와 마티아스 은 데뤼에 형제에게 2014년은 특별한 해로 기억될 것이다. "큰 규모의 브랜드 샴페인, 그것도 극히 한정된 종류의 대중적인 샴페인만 접했던 이들에게 조제프 데뤼에의 신선한 맛과 감동을 선물하겠다"는 포부를 가졌던 토마스 김 데뤼에는 불과 1년 만에 '한국인의 입맛에 맞는 최고의 와인을 뽑는다'는 취지로 개최되는 '코리아 와인 챌린지Korea Wine Challenge'에 참여한 16개국 560종의 와인들 가운데서 출품한 와인 네 종류 모두 수상하는 쾌거를 거둔다. '트로피 스파클링' 부문 트로피에 선정된 '샴페인 조제프 리미티드 에디션 라 바쿠스Champagne Joseph-limited edition La Bacchus', 은메달을 수상한 '샴페인 조제프 데뤼에 퀴베 로제Champagne Joseph Desruets Premier Cru Brut Rose'와 '샴페인 토마스 김 데뤼에 셀렉션 바이 TKDChampagne Thomas Kim Desruets Selection by TKD ', 그리고 동메달을 받은 '샴페인 조제프 데뤼에 퀴베 리저브Champagne Joseph Desruets Cuvee Brut Premier Cru Reserve'는 우수한 토양의 오빌레 언덕에서 생산되는 품질 좋은 피노 누아르, 피노 뮈니에, 샤르도네로 만든다.

www.champagnejd.fr

달콤한 악마의 유혹

라뒤레

20년이 더 지났지만, 그 치명적인 첫맛은 아직도 잊지 못한다. 단 것을 별로 좋아하지 않는 나에게 악마의 달콤함을 알게 해준 마카롱 라뒤레Ladurée. 헨젤과 그레텔이 숲 속을 헤매다 과자 집을 발견한 것처럼 샹젤리제에서 우연히 발견한 라뒤레 부티크는 정말 동화 속에나 나올 것 같은 예쁜 가게였다. 라뒤레의 민트 컬러와 절묘하게 어울리는 온갖 맛의 파스텔컬러 마카롱을 사기 위해 길고 긴 줄을 기다리던 그 설렘의 시간이 지금도 선명하다. 그리고 마침내 마카롱을 입에 넣던 순간이란!

파리에 갈 때마다 라뒤레에서 브런치를 먹고 마카롱을 잔뜩 사서 돌아온다. 그 시간만큼은 진짜 파리지엔이 된 것 같은 기분 좋은 착각이랄까. 도쿄 긴자에 라뒤레가 생겼다는 소식을 듣고 일부러 가기도 했다. 멋진 살롱 드 테Salon de the가 아무리 많아도 파리 최초의 살롱 드 테 라뒤레에 앉아 있으면 동화 속 주인공이 된 것 같다.

이제 한국에서도 매우 흔한 디저트가 된 마카롱. 라뒤레 역시 먹고 싶을 때면 언제나 살 수 있다. 얼마 전 피에르 에르메Pierre Hermè가 한국에 론칭해 화제가 되고 있지만, 나에게 마카롱은 영원히 하나다. 라뒤레, 최초의 마카롱 그리고 클래식.

Ladurée

1862년 루이 에른스트 라뒤레Louis Ernest Ladurée가 설립한 프랑스의 대표적 파티세리에. 이탈리아에서 유래한 마카롱은 1930년, 라뒤레의 피에르 드 퐁탕Pierre De Ponten이 두 개의 마카롱 비스킷 사이에 크림을 넣은 현재의 마카롱으로 변형시켜 선보이면서 선풍적 인기를 끌었고, 최초의 마카롱 브랜드로 세계적 명성을 얻게 되었다. 현재는 향수, 문구, 화장품 등 다양한 제품을 추가해 프리미엄 라이프스타일 브랜드로 진화 중이다.
www.laduree.com

LADURÉE
Paris

정직해서 더 맛있는 차

클리퍼

내 즐거운 취미 중 하나는 온 세상의 슈퍼마켓과 식료품점을 구경하는 것이다. 그러다 우연히 발견한 새로운 티 브랜드가 있다. 독특하고 감각적인 일러스트 디자인의 패키지에 손이 절로 가는 영국 브랜드 '클리퍼Clipper'다. 셀 수 없을 만큼 다양한 종류의 티를 선보이고 있는 이 브랜드의 티들은 재치 넘치는 제품 소개 문구와 패키지 때문이라도 한 번씩 다 마셔보고 싶은 생각이 든다. 그중 마음에 드는 것은 화이트 티(백차)White Tea 컬렉션이다. 진귀한 중국차로 잘 알려진 화이트 티는 특유의 뛰어난 항산화Effective Microorganisms 효과로 노화 방지 화장품의 원료로 쓰일 정도인데, 특히 클리퍼의 화이트 티는 맑고 산뜻한 풍미가 일품이다. 지난 20년 동안 공정무역을 통해 얻은 최상의 유기농 재료만을 고집하는 품질 본위의 착한 브랜드로 자리매김한 클리퍼의 제품을 많이 애용해줘야 세상도 더 균형 있게 발전할 수 있다는 생각이 든다.

Clipper

1984년 영국, 마스터 테이스터Master Taster인 마이크와 로레인Mike & Lorraine에 의해 탄생한 '차' 브랜드. 1994년부터는 공정무역으로 거래된 순수하고 건강한 천연 재료만으로 제조한 맛있는 차를 선보이고 있다. 철저한 사회윤리에 입각한 경영으로 이익을 추구하는 '착한 기업'을 표방하고 있다. 어떤 유해 인공 물질도 사용하지 않은 천연 성분의 유기농 차, 커피, 녹차, 백차 그리고 허브차 등을 만날 수 있다.

www.clipper-teas.com

마음을 따뜻하게, 몸을 깨끗하게

쿠스미 티

내가 파리에서 좋아하는 곳 중 하나인 봉 마르셰Le Bon Marche 백화점의 식품관 '라 그랑 에피세리네La Grande Epicerie'. 지금이야 서울에도 이에 못지않은 SSG나 고메이 494가 있지만, 10여 년 전에는 외국에만 가면 좋다는 식품관을 찾아다니며 갖가지 식료품을 구경하느라 시간 가는 줄 몰랐고, 트뤼플 오일truffle oil부터 파스타 면pasta, 셰리 비니거sherry vinegar에 이르기까지 각종 식재료를 욕심내서 채워오느라 항상 현지에서 여행 가방을 하나 더 샀다. 타고난 호기심이 입고 꾸미는 것에만 국한되면 좋으련만, 먹는 것이 너무 중요한 나는 '슈퍼마켓' 구경을 정말 사랑한다.

어느 도시이건 식품관에서 꼭 구입하는 것은 '티'다. 차 맛을 언제부터 즐기게 되었는지는 정확히 기억이 안 나지만 지금같이 커피에 중독되기 전인 11년 전까지는 커피가 아닌 온갖 종류의 차를 탐닉했다. 쿠스미 티Kusmi Teas를 알게 된 것도 10년이 훨씬 넘은 일이다. '라그랑 에피세리에'의 팝업 매장에서 눈에 확 들어오는 패키지 디자인을 발견하고 충동구매를 했었다. 알고 보니 1867년 탄생한 유서 깊은 러시아의 대표적인 티 하우스 중 하나로 1917년 러시아 혁명을 겪으면서 프랑스 브랜드로 변신하게 되었다고 한다. 특히 '디톡스 티Detox Tea'는 항상 건강과 체중을 신경 쓰는 나에게 심리적 안정을 선사하는 제품으로 한 잔, 두 잔 티를 우려내서 마실 때마다 왠지 온몸의 독소가 다 빠져나가는 기분이 들어 10년 넘게 즐겨 마시고 있다. 오버로크 처리된 직사각형의 머슬린muslin 티백은 차 맛을 배가하는 우아한 요소이기도 하다.

최근 몇 년 전부터는 전 세계 주요 도시에 단독 부티크를 열 정도로 쿠스미Kusmi가 적극적인 시장 확대에 나서고 있고, 서울에서도 쉽게 구입할 수 있게 되었다.

Kusmi Teas

1867년 러시아 상트페테르부르크St.Petersburg에서 탄생한 쿠스미 티 하우스는 1917년부터 프랑스 파리로 본사를 옮겨 150여 년 동안 티 전문가들과 미식가들에게 쿠스미 비법의 블렌딩blending과 고품질 티 컬렉션을 소개해 사랑받고 있다. 쿠스미만의 비법 러시안 티 레시피가 특징인 프린스 발디미르 티Prince Vladimir Tea를 비롯한 건강을 생각하는 사람들을 위한 디톡스 티가 유명하다.
www.kusmitea.com

싱가포리언 브렉퍼스트 티를 즐기는 아침

TWG

오랫동안 영국 식민지였던 싱가포르에는 '애프터눈 티afternoon tea'를 중심으로 한 다과 및 사교 문화가 생활화되어 있다. 1837년, 싱가포르 상공회의소 설립을 계기로 차 무역 자유화가 이루어졌고, 영국의 차 운반선이 이곳에 취항하기 시작하면서 '아시아의 대표적 차 중심지'가 되었다고 전해진다. 싱가포르에 갈 때마다 호텔 라운지에서 3단 트레이에 담긴 갖가지 디저트와 함께 향기로운 티를 마시며 우아한 오후를 보내는 광경이 그림 같았다. 유서 깊은 래플스 호텔Raffles Hotel 아케이드에서 싱가포르 메이드 티 세트를 기념품으로 구입하곤 했는데, 어느 해 새로운 티 브랜드가 눈에 띄었다.

수년 전, 쇼핑의 메카인 오차드 로드Orchard Road의 랜드마크 '아이온Ion'에 기품 있는 모습을 드러낸 TWG가 그것이다. 클래식하면서도 세련된 유럽의 티 살롱 & 부티크를 연상하게 하는 이곳에서, 책에 가까운 1000여 종의 차 메뉴 중 신중히 선택한 싱가포리언 브렉퍼스트 티를 마시던 순간은 이국적 향기와 함께 기억에 깊은 흔적을 남겼다. 영국에서는 잉글리시 브렉퍼스트 티English Breakfast Tea를 마신다면, 싱가포르에서는 싱가포리언 브렉퍼스트 티Singaporean Breakfast Tea가 제격이다.

상표만 보아서는 170년이 넘은 브랜드 같지만 알고 보니 탄생 10주년도 되지 않은 새내기 브랜드다. 그러나 수백 년 된 티 브랜드 못지않은 최상의 '분위기'와 '맛'을 자랑한다. 전 세계에서 엄선한 다원과 독점 계약으로 차를 공급받고 있으며, 천연 꽃과 과일로만 블렌딩 티를 만들고, 100% 면사로 만든 티백을 사용하는 등 최선의 노력을 다하고 있기 때문이다. 지금은 청담동 TWG 부티크는 물론 서울의 여러 백화점에서도 TWG 티를 구입할 수 있다. 다양한 차의 향기가 은은하게 배어나는 마카롱 또한 별미다.

TWG

2008년, 프랑스인 타하 북딥Taha Bouqdib과 부인 마란다 반스Maranda Barnes에 의해 동서양 차 무역의 중심지 싱가포르에서 탄생한 프리미엄 티 브랜드. TWG는 The Wellness Group의 약자로 세계 36개국의 명성 높은 다원에서 독점 공급받은 신선한 찻잎으로 장인들이 생산한 1000여 종의 차를 선보이고 있다. 브랜드 로고에 각인된 1837이라는 숫자는 싱가포르 상공회의소가 설립된 1837년 이후 동서양 차 무역의 중심이 된 영광스러운 역사를 기념한다고 한다.
www.twgtea.com

어느 시보다 더 감미로운 티타임

마리아주 프레르

세월이 갈수록 입도, 코도, 눈도, 귀도 못되어지고 있다. 아무거나 잘 먹으면 좋으련만 날로 까다로워지는 입맛은 한 끼를 먹더라도 신선하고 깊은 맛을 원한다. 배만 채우고 싶지 않은 거다. 어려서부터 귀가 닳도록 엄마께 교육받은 대로 '하나를 사더라도 좋은 것으로'가 몸에 익어서 양보다는 질을 실천하다 보니 몸무게 걱정은 별로 하지 않고 사는 것 같다.

5년 전, 마흔을 목전에 두고 난생처음 운동을 시작했다. 회사 근처에 새로 생긴 '필립 퍼스널 트레이닝 스튜디오'에 태어나서 처음으로 발을 딛자마자 등록을 결심했다. 나의 운동 스승인 김경민 대표가 상담을 위해 자리에 앉자 마리아주 프레르Mariage Frères의 마르코폴로MarcoPolo 홍차를 내왔기 때문이다. 스타벅스Starbucks 커피만 준대도 감동스러울 텐데, 마리아주 프레르 홍차를 제공하는 걸 보면 여기엔 뭔가 특별한 것이 있을 것 같았다. 오늘도 변함없이 퍼스널 트레이닝 스튜디오의 카운터에서는 마르코폴로 홍차가 따뜻하게 끓고 있다.

세상에 좋은 차, 비싼 차는 정말 많지만, 한 번 사는 우리 인생 마리아주 프레르 정도의 호사는 누려볼 만하다. 10여 년 전 파리 마레Marais 지역에 자리한 마리아주 프레르의 고풍스럽고 조그만 티 살롱에 처음 들렀을 때 맛본 감동적인 향과 맛의 홍차가 생각난다. 달콤 쌉쌀한 캐러멜과 초콜릿 향이 일품인 웨딩 임페리얼Wedding Imperial, 동서양의 맛이 조화된 마르코폴로는 엄지가 절로 올라가는 풍미를 자랑한다.

Mariage Frères

1854년, 프랑스에서 앙리 마리아주Henri Mariage, 에두아르 마리아주Edouard Mariage 형제가 설립한 티 브랜드. 프랑스에 홍차를 처음 소개했고, 17세기 홍차 및 식료품 상점을 오픈한 후 1854년부터 파리의 유서깊은 티 살롱으로 변모했다. 세계 각국의 다원에서 엄선해 채취한 450여 종의 차를 취급하고 있다.

www.mariagefreres.com

앵무새의 달콤한 비밀

라 페르슈

엄마 몰래 먹는 각설탕의 달콤함은 무엇과도 비교할 수 없었다. 집에 중요한 손님이 오는 날, 로젠탈Rosenthal 잔을 채운 향기로운 커피와 우아하게 함께 담아내던 울퉁불퉁한 각설탕은 어린 나에게 늘 욕망의 대상이었다. 초록색 앵무새가 그려진 상자 안에 들어 있는 갈색 각설탕은 그 어떤 사탕보다 달콤하고 맛있는 간식이었다. 추억의 앵무새 설탕의 이름은 '라 페르슈La Perruche'. 세월이 많이 흐른 후에야 엄마가 왜 그 설탕을 아끼셨는지 알게 되었으니, 그것은 평범한 설탕이 결코 아니었던 것이다.

La Perruche

125년의 역사와 맛을 자랑하는 프랑스의 대표 설탕 브랜드. 프랑스어로 '앵무새'를 뜻하는 라 페르슈는 인도양의 파라다이스라는 별명을 지닌 레위니옹 섬의 비옥한 토양에서 수확한 사탕수수만으로 생산된다. 100%의 순수한 사탕수수 맛을 자랑하는 비정제 설탕 특성상 불규칙한 모양의 흰색 또는 갈색 각설탕이 유명하다. 특히 황금빛에 가까운 갈색 각설탕은 가열로 생긴 천연 캐러멜과 바닐라의 깊은 향을 느낄 수 있다.
www.laperruche.com

라 페르슈는 프랑스어로 '앵무새'라는 뜻으로 이 브랜드의 역사는 19세기 후반으로 거슬러 올라간다. 인도양에 위치한 천혜의 섬 레위니옹Rèunion의 비옥한 토양에서 7월부터 12월 사이에 수확한 사탕수수만으로 생산되는 라 페르슈 설탕은 1889년 파리 세계 전시회를 통해 그 우수한 맛을 인정받아 지금의 명성을 얻게 되었다. 100% 천연 사탕수수 맛을 즐길 수 있는 라 페르슈는 산업혁명 즈음부터 아프리카에서 데려온 노예들을 이용해 노동집약적 사탕수수 재배를 시작했고, 노예제도 폐지 후에는 인도인들이 이를 대신해 명맥을 이어 제당업을 발전시켰다고 한다.

입안 가득 순수한 사탕수수 맛을 선사하는 고급 티 살롱이나 레스토랑의 티 메뉴와 함께 어김없이 등장하는 라 페르슈는 이제 서울의 미식가들 사이에서도 유명세를 타고 있는 듯하다. 백화점 식품관이라면 어디서나 쉽게 구입할 수 있어, 단 것 좋아할 나이인 어린아이들마저 라 페르슈 각설탕의 색다른 맛을 한번 알면 헤어나오기 쉽지 않다.

며칠 전, 사무실 옆에 새로 생긴 포틀랜드 출신 스텀타운 커피Stupmtown Coffee Roasters에 들렀더니, 이곳 역시 풍미 좋은 더블 에스프레소와 최고의 궁합인 라 페르슈 설탕을 제공하고 있어 이 커피 브랜드 역시 돈값한다는 생각이 들었다.

Béghin Say
La Perruche
Béghin Say
La Perruche
Béghin Say
La Perruche
Un goût authentique
PURE CANNE
PURE 100% CANNE
Morceaux irréguliers ambrés

É
ÉCHIRÉ
Beurre de Baratte
ÉCHIRÉ
DOUX
Beurre de Baratte
250g
ECHIRE

에시레

2009년 도쿄에 마루노우치 브릭 스퀘어Marunouchi Brick Square가 오픈했다. 미래적인 분위기의 롯폰기 힐스Roppongi Hills와 미드타운Midtown과는 사뭇 다른 노스탤지어를 자아내는 클래식한 벽돌 건물은 고풍스럽지만 낭만적이고 감성적이다 못해 그림 같은 풍경을 선사한다. 브릭 스퀘어 바로 옆에 위치한 이치고칸Ichigoukan 미술관에서의 명작 산책을 마치고 아기자기한 상점들에 넋을 빼앗겨 거닐다 보면 긴 줄이 늘어선 예사롭지 않은 장소에서 발길을 멈추게 된다. 세계 최초의 에시레 버터 전문점 '메종 드 에시레Maison de Échire'는 기다림마저도 행복하게 하는 장소다. 에시레를 탐닉하는 인파에 섞여 주문을 기다리는 시간은 가슴 뛰는 설렘을 선사한다.

죽기 전에 꼭 먹어야 할 세계의 식재료로 선정될 만큼 특별한 에시레는 나에게 역시 '완벽한' 버터다. 내 몸이 거부하는 느끼함 때문에 유지방을 싫어하는 내가 편애하는 유일한 유제품이 에시레 버터인 것이다. 형언할 수 없는 비교 불가의 맛, 진하고 고소하며 풍부하고 보드라운 그 맛은 먹어보지 않고는 논할 수 없다.

메종 드 에시레에서 갓 구워낸 기막힌 맛의 크루아상Croissant, 마들렌Madeleine, 휘낭시에Financier는 그곳에 가지 않고는 만날 수 없지만, 다행히 청담 SSG와 현대백화점 슈퍼마켓에서 에시레 버터를 구입할 수 있다. 이 신선한 천연 버터는 유통기한이 매우 짧은 탓에 품절 후 재입고되려면 한참을 기다려야 하므로, 포플러poplar나무 포장에 담긴 묵직한 250g 무염 버터를 냉동 보관해서 먹는다. 간사한 입맛은 이제 이즈니Isigny 버터로 만족할 수가 없다. 비옥한 노르망디 이즈니 지역에서 방목 사육한 젖소가 만든 버터보다 환상적인 유네스코 세계 문화유산에 등재된 '루아르Loire' 계곡의 한 낙농장에서 생산한 에시레 버터가 역시 한 수 위가 아닐까?

Échire

에시레는 절경을 간직한 프랑스의 루아르 계곡의 되-셰브르Deux-Sveres에 위치한 한 낙농장에서 전통 제조 방식으로 엄격히 생산되는 프랑스 정부가 인증한 AOP(Appellation d'Origine Protegee) 발효 버터 브랜드. 100년 넘도록 반경 30km 이내에 있는 회원 농가들에서 공급받는 우유만을 사용하며 협동조합 형태로 운영한다고 한다. 미슐랭Michelin 스타 셰프들이 편애하는 버터로 독보적 명성을 지니고 있으며 극도로 신선한 버터 본연의 맛을 유지하기 위해 파스퇴르 살균을 하지 않아 유통기간이 짧다.

www.echirelebeurredefrance.fr

ORGA
WHOLE FOODS
ORGANIC
제주도 푸른 자연을 담은
유기 저지방 우유
100 % 유기농 원유
750 ml(280 kcal)
75 kcal / 1회 제공량 200 ml
유지방 함량
0.7 %
냉장보관
ORGA
WHOLE FOODS
벨기에 전통방식으로 만든
메이플 와플
메이플시럽과 국산 버터,
신선한 유정란을 사용하여 만든
맛좋은 우리가족 간식!
메이플시럽 3.04 %
(400 kcal / 20 g x 4봉)

행복한 닭이 낳은
자유방목 유정란
ORGA
WHOLE FOODS

평생 올곧은 먹거리

올가

하나를 사도 좋은 것을 사라는 엄마의 가르침은 먹거리에서도 예외가 아니었다. 가족들의 건강을 위한 엄마의 식탁은 언제나 엄격했다. 가능하다면 모든 음식을 산지 제철 재료로 만들려고 평생 노력하셨고, '무공해, 친환경, 유기농'에 대한 사랑과 믿음이 누구보다 각별했다. 밥상 앞에서는 식품 영양학의 권위자 유태종 박사(1924~)의 《음식 궁합》에 나오는 구절들을 항상 들려주셨다. 엄마의 지대한 영향으로《음식 궁합》을 비롯한 그의 저서 몇 권을 초등학교 5학년 무렵 독파한 나 역시 '식생활'을 우선시하는 엥겔계수Engel's Coefficient 높은 삶을 살아가고 있다. 장보기의 철칙이 '맛있고도 건강에 유익한 식품'을 선택하는 것이다 보니, 저렴한 식재료를 구입하는 일이 드물고 같은 것 중에 제일 좋은 것을 사는 습관이 몸에 배어 있다. 당연히 한국이든 외국이든 좋은 시장, 슈퍼마켓이 있거나 새로 연다면 다 가봐야만 직성이 풀린다. 미국의 홀 푸드 마켓Whole Foods Market이나 파리의 봉 마르셰 그랑 에피세리Le Bon Marche Grande Epicerie라면 하루 아니 며칠 동안 정말 재미있는 시간을 보낼 자신이 있다. 한국에도 최근 청담 SSG, 고메이 494같이 볼거리와 먹거리를 결합한 근사한 식품관들이 연이어 생기고 있어 식생활 수준이 나날이 향상되는 느낌이다.

그러나 내가 맹신하는 브랜드는 역시 '올가Orga'다. 1977년 한국 최초의 유기농을 시작한 농부 원경선 원장(1914~2013)에 의해 '이웃사랑', '생명존중'을 기치로 '바른 먹거리'를 제공해온 '풀무원'이 운영하는 로하스 생활 마켓 '올가'는 탄생 이래 나에게 '건강'을 의미하는 또 다른 단어다. 생명의 근원인 자연을 사랑하고 살리며 자연 그대로 신선하고 안전한 먹거리를 제공한다는 이 브랜드의 확고한 철학은 친환경 윤리에 기반을 둔 상품 취급 원칙에서 여실히 드러난다. 내 고장에서 제철에 생산된 친환경 재배 상품, 전통 토속 식품과 희귀 식품을 보호하고, 유해한 화학 첨가물 가공식품, 유전자 변형 농산물은 취급하지 않으며, 취급하는 모든 식품의 생산 이력을 관리한다는 것이다. 또 동물 복지 개념을 도입한 유기 축산물 유통을 확대하고, 올바른 의지의 생산자 보호 및 공정무역 상품만 취급하며 자원 절약과 환경 보호에 앞장서고 있기도 하다. 이 완고한 기준이 있기에 올가에서는 원하는 모든 식료품을 구입할 수가 없다. 채소도 과일도 가공식품도 취급 품목이 한정되어 있기 때문이다. 그러나 어느 곳보다 친절한 직원들의 조언 아래 당일 가장 신선하고 맛있는 식재료를 구입할 수 있으며 맛과 선도가 미달하는 제품은 과감히 팔지 않는 모습을 오랫동안 지켜보면서 강한 믿음이 생겼다. 태어나는 날부터 '올가' 제품을 먹고 자란 우리 딸이 병치레 없이 건강한 것을 보면 더욱 그러하다.

Orga

1977년 한국 최초의 유기농을 시작한 농부 원경선 원장에 의해 '이웃사랑', '생명존중'을 기치로 바른 먹거리를 제공해온 '풀무원'이 운영하는 로하스 생활 마켓. 생명의 근원인 자연을 사랑하고 살리며 자연 그대로 신선하고 안전한 먹거리를 제공한다는 확고한 철학으로 친환경 윤리에 기반을 둔 상품만 취급하는 것이 원칙이다.
www.orga.co.kr

10년 체증도 씻겨낼 듯한 청량감

산 펠레그리노

내 생애 첫 탄산수는 초정리 광천수였다. 충청북도 청원군에 위치한 초정 약수는 미국의 섀스타Shasta, 영국의 나포리나스Naporinas와 함께 세계 3대 광천 중 하나로 약 600년 전에 발견되었고, 세종대왕의 안질眼疾 치료제로 역사에 기록된 천연 탄산수의 용출이다. 유치원 무렵으로 기억되는데 첫 모금의 목 넘김이 얼마나 짜릿했던지 아직까지도 그 장면이 머릿속에 생생하다. 그 후 대학 시절, 유럽 여행 중 레스토랑마다 "Gas or No Gas?"라고 물 주문을 받는 새로운 경험을 하면서 다시 탄산수의 맛을 즐기게 되었다. 타고난 호기심으로 온갖 미네랄워터 브랜드를 다 맛보고 나니 '물 맛'에 대한 취향도 생기게 되었다. 초록색 병에 빨간 별 로고가 선명한 산 펠레그리노S. Pellegrino는 내가 제일 좋아하는 탄산수 브랜드다. 샴페인 레이블과 굳이 비교한다면 페리에Perrier는 모엣 샹동Moët & Chandon, 산 펠레그리노는 뵈브 클리코Veuve Clicquot에 가깝다고 할까? 타는 갈증에 페리에가 따가울 만큼 강렬한 목 넘김을 선사한다면, 산 펠레그리노는 조금 더 섬세하고 부드러우면서도 인상적인 맛이다.

사실 20대 때에는 산 펠레그리노가 페리에보다 왠지 덜 대중적이고 고급스러워 보여 마시기 시작했다. 부끄럽지만 일종의 허세였다. 하지만 20여 년 동안, 병 모양이 예쁘거나 궁금하다는 이유로 수도 없이 많은 브랜드의 탄산수를 마셔본 결과 물 맛은 역시 산 펠레그리노가 좋다는 것이 결론이다. 잘 알지도 못하면서 마시기 시작한 산 펠레그리노였지만 실제로 산 펠레그리노는 갈증 해소를 위한 완벽한 탄산수일 뿐 아니라 어떤 요리와도 잘 어울리는 파인 다이닝Fine Dining을 위한 탄산수의 대명사로 유명하다. 매년 월드 베스트 레스토랑 50 어워드The World's 50 Best Restaurants의 후원으로 그 위상을 굳건히 하고 있으며 미소니Missoni, 불가리Bulgari, 파바로티Pavarotti, 두카티Ducati 같은 각 분야의 대표적인 이탤리언 브랜드와 협업해 완성한 스페셜 에디션을 선보여 매년 화제를 만들고 있다. 흥미로운 사실은 이탈리아의 산 펠레그리노 역시 초정리 광천수와 거의 동갑내기로, 1365년경 수원지가 발견되었다고 한다. 16세기 레오나르도 다빈치가 '이 경이로운 물'을 직접 시음하고 그 효능에 대해 연구, 기록했다고도 알려져 있다. 1899년 이래 전통과 역사를 자랑하는 음료 브랜드로 자리매김했으며, 1970년대 이후 이탈리아 최고의 음료 회사로 명성을 얻고 있다.

한 가지 더! 탄산이 함유되지 않은 미네랄워터를 원하는 사람에게는 산 펠레그리노의 자매 브랜드 아쿠아파나AquaPana를 추천한다.

S.Pellegrino

1899년 탄생한 산 펠레그리노 브랜드는 이탈리아를 대표하는 음료 회사이며 세계적 명성의 탄산수 이름이기도 하다. 이탈리아 알프스 언덕의 700m 깊이의 지하에서 용출하는 광천수를 자연 여과 과정을 거쳐 고품질의 미네랄 성분 및 칼슘, 마그네슘 등을 함유한 탄산수로 생산되고 있다. 1970년대 이후 이탈리아 최고의 음료 회사로 명성을 얻고 있으며, 1997년 네슬레Nestle 그룹에 인수합병 되었다.

www.sanpellegrino.com

올리브나무 사이로

라우데미오

지금은 서울에도 문을 열었지만 맨해튼의 딘 앤 델루카Dean & Deluca는 나에게 또 하나의 천국이었다. 딘 앤 델루카 카페에서 한때를 보내고 식료품 쇼핑을 하는 날은 진짜 뉴요커가 된 것 같은 묘한 뿌듯함이 있었고, 그 순간이 그리워 뉴욕 대신 도쿄에 갈 때마다 일부러 미드타운Midtown에 들러 딘 앤 델루카 커피를 마셨었다. 집에서 요리할 기회가 드문 현실에도 트뤼플 오일truffle oil부터 팬케이크 믹스pancakes mix, 커스터드 크림custard cream까지 그곳에만 가면 사고 싶은 것이 너무 많았다. 딘 앤 델루카에 진열되어 있으면 모든 것이 왜 그렇게 식욕과 구매욕을 자극하는 걸까.

라우데미오 프레스코발디Laudemio Frescobaldi를 처음 만난 것도 딘 앤 델루카였다. 호밀 빵을 찍어 먹을 때도, 신선한 샐러드를 버무릴 때도, 식감 좋은 알 덴테Al Dente 파스타를 만들 때도 좋은 엑스트라 버진 올리브 오일Extra Virgin Olive Oil은 꼭 필요한 법이다. 여러 가지 올리브 오일이 진열되어 있었지만, 고상하면서도 견고한 사각 병에 담긴 황색에 가까운 신비한 연녹색 올리브 오일에 손이 갔다. 다른 오일들보다도 10달러는 비싼 이 올리브 오일에 무엇인가 특별한 것이 있을 것 같았다. 중세시대 영주에게 진상되는 최고 품질의 농작물을 의미하는 '라우데미오Laudemio', 올리브 오일을 좋아하는 사람이라면 이 색다른 풍미에 빠져버릴 것이라 확신한다. 토스카나 지역 최대 와인 메이커 프레스코발디의 자부심이 담긴 브랜드답게, 재료 선택에 매우 엄격한 미슐랭Michelin 스타 셰프들이 편애하는 데는 다 이유가 있을 것이다. 흙냄새 같은 자연의 풋내가 느껴지는 이 오일은 한 스푼만 먹어도 상큼한 라임, 알싸한 후추 향이 결합된 색다른 맛의 여운을 즐길 수 있다. 아침 공복에 라우데미오 한 스푼만 먹으면 의사가 필요 없다고도 한다. 이탤리언 럭셔리 화장품 브랜드, 산타 마리아 노벨라Santa Maria Novella의 올리브 비누에도 라우데미오가 들어 있다고 했다. 좋은 올리브 오일은 항산화 효과가 뛰어난 폴리페놀polyphenol 성분을 풍부하게 함유하고 있어 혈관 질환 예방은 물론이고 피부 미용에도 좋기 때문이다.

반가운 소식! 어느 날, 청담 SSG에서 라우데미오를 발견했다. 한 번 높아진 입맛은 낮아질 줄 모르고, 엥겔계수도 역시 치솟는다. 그러나 건강을 위해선 역시 올리브 오일도 엄선해야만 한다.

Laudemio

이탈리아 토스카나 지역의 최다 포도원을 소유하고 있는 700년 역사의 와인 메이커, 프레스코발디가 생산하는 프리미엄 엑스트라 버진 올리브 오일. 1980년대 중반부터 이 지역의 주요 올리브 오일 생산자들이 컨소시엄을 만들어 '라우데미오'라는 최고급 올리브 오일을 생산하고 있다. 유기농법으로 생산한 올리브를 수작업으로 수확한 후 18시간 내에 가공하고 20~22°C에서 10~15분 동안 기계로 유화하면 라우데미오가 완성된다.

www.Laudemio.it

RACCOLTO 2010
LAUDEMIO
FRESCOBALDI
OLIO EXTRA VERGINE DI OLIVA
ITALIA

MADE IN U.S.A.
Mc ILHENNY CO.
AVERY ISLAND
LA.
TABASCO®
BRAND
PEPPER SAUCE
MADE OF VINEGAR
RED PEPPER AND SALT
150ml

도도한 매운맛

타바스코

언제나 주머니에 꼭 넣어 다니고 싶은 핫 소스가 있다. 기름진 음식을 먹을 때면 변함없이 생각나는 그 맛, 이 세상의 모든 느끼한 맛을 단숨에 개운하게 변화시키는 마법 같은 한 방울, 바로 타바스코Tabasco 소스다. 서른 살이 될 때까지 매운 것을 잘 먹지 못했던 내 식성이 급변하게 된 건 2000년부터 온전히 3년이 채 안 되는 미국 생활 이후다. 30년간 지독히 건강식만 먹인 엄마 덕택에 짜고 매운맛은 물론 인스턴트식품에도 익숙하지 않은 나였지만, 대부분 기름지고 느끼하며 양으로 승부하는 미국 음식이 식상해지면서 잊고 살았던 핫 소스를 다시 찾게 되었다.

햄버거, 프렌치프라이, 타코, 치킨, 피자 같은 기름진 음식과 타바스코는 최고의 궁합이다. 얼얼한 매운맛이 필요한 어떤 음식과도 잘 어울리는 소스다. 한국에서 판매되는 타바스코 용기 뒷면에는 닭강정, 탕수육, 골뱅이무침, 불고기, 갈비찜, 볶음밥 같은 익숙한 메뉴들에 첨가하라는 친절한 설명이 적혀 있다. 떡볶이 같은 매운 음식에 더하면 또 다른 차원의 신辛세계를 경험할 수 있다.

타바스코 소스의 매킬레니Mcilhenny 다이아몬드 로고를 자세히 들여다보면 소스의 특별함은 오히려 평범함이라는 것을 발견하게 된다. 식초, 빨간 고추, 소금Made of Vinegar, Red Pepper and Salt 외에 비범한 첨가물이 하나도 들어가지 않았다. 전 세계에서 가장 유명한 핫 소스로 150여 년 동안 사랑받은 이유는 다른 많은 장수 브랜드가 그렇듯 '기본에 충실하기'인 것이다. 1868년 이래 변함없이 전수되고 있는 타바스코의 레시피는 단순 명료하다. 잘 익은 타바스코 고추에 암염巖鹽으로 이뤄진 미국 루이지애나 주 에이버리 아일랜드Avery Island, Louisiana의 특산품인 소금과 식초를 혼합한 뒤 참나무통에 넣어서 3년 동안 숙성시키고, 일체의 인공색소와 첨가물은 넣지 않는다고 한다. 이 회사의 창업주인 에드먼드 매킬레니Edmund Mcilhenny가 홈메이드 스타일로 제조 판매한 원조 타바스코 소스의 비법이 전수되고 있는 것이 끝없는 성공 요인이 아닐까. 소리 내지 않고 고객을 모아온 이 브랜드의 자신감은 결국 최고의 제품인 것이다.

Tabasco

1868년 에드먼드 매킬레니가 탄생시킨 핫 소스 브랜드의 대명사. '뜨겁고 온화한 땅'이란 뜻의 타바스코는 미국 루이지애나 주의 에이버리 아일랜드의 매킬레니社에서 생산한다. 서양식 매운 소스 중에서 가장 유명한 소스다. 타바스코 고추와 소금, 식초 등을 섞은 뒤 참나무통에서 3년 이상 숙성시켜 맵고 신 특유의 맛을 만들어낸다.

www.tabasco.com

콜라는 하나! 100년의 맛

코카콜라

엄마는 콜라를 유난히 싫어하셨다. 초정리 광천수에 설탕을 넣어 대신 마시게 할지언정 탄산음료 특히 콜라는 우리 집에서 철저한 금기 식품이었다.

엄마 몰래 마시는 고등학교 시절 독서실에서의 코카-콜라는 그 무엇보다 짜릿했고 대학 입시의 스트레스와 중압감을 날려준 좋은 친구였다. 클래식 코크Classic Coke에서 체리 코크Cherry Coke로, 체리 코크에서 다이어트 코크Diet Coke, 이제는 제로 코크Zero Coke로 나의 취향은 계속 변했지만 역시 콜라는 코카-콜라뿐이다.

물론 엄마는 여전히 마흔이 훌쩍 넘은 딸이 콜라 마시는 모습을 못마땅해하신다. '콜라 한 모금 마셨으니, 물을 열 잔 마시라'는 우리 엄마식 체내 콜라 희석법은 건강 백과사전에도 등장하지 않지만 70대에 가까운 어른들에게 콜라는 그저 건강에 나쁜 검은 물일 뿐이다.

1970년대에 태어난 우리에게 코카-콜라Coca Cola는 에너지와 자유, 젊음 그리고 즐거움의 상징이다. 1980년대에는 술을 마시지 못하는 미성년자들을 위해 '콜라텍'이라는 신종 유흥업소가 등장하기도 했다.

나이가 들면서 건강 염려증 때문에 코카-콜라를 마시는 일이 별식 찾는 것처럼 줄어들었지만, 여전히 피자, 햄버거, 타코 등을 먹을 때는 반드시 코카-콜라를 마셔야 한다.

<세상에 이런 일이>이라는 텔레비전 프로그램에 소개된 것처럼 40년 동안 코카-콜라를 물처럼 마시며 건강을 유지하고 있는 할머니도 계시고, 세계적인 투자의 귀재 워런 버핏Warren Buffett도 하루 다섯 잔씩 코카-콜라를 마시며 85세까지 무병장수하고 있다니 콜라 유해론이 꼭 맞는 것만도 아니다.

올해 탄생 100주년을 맞이한 코카-콜라의 '잘록한 허리' 모양의 컨투어 병Contour Bottle은 물론이고 코카-콜라 스토어에서 판매하는 스펜서체 로고Spencerian Script Logo 기념품들은 항상 나를 설레게 한다. 맨해튼에서 라스베이거스까지 코카-콜라 스토어가 있는 곳이면 꼭 들러 작은 물건이라도 하나를 습관처럼 구입하게 된다. 유니클로Uniqlo에서 판매하는 코카-콜라 디자인 UT도 물론 사야만 한다.

몇 년 전부터는 코카-콜라 한정판을 수집하고 있다. 패트리샤 필드Patricia Field, 로베르토 카발리Roberto Cavalli, 나탈리 리키엘Natalie Rykiel은 물론 칼 라거펠트Karl Lagerfeld 등 세계적인 패션 디자이너와 협업해 만든 멋진 코카-콜라 병들은 수집할 만한 충분한 가치가 있다. 특히 마음에 드는 것은 2012년 선보인 '장 폴 고티에Jean Paul Gautier' 에디션이다. 디자이너 특유의 코르셋과 스트라이프 패턴으로 매우 감각적인 옷으로 갈아입은 코카-콜라 라이트 말이다. 2013년 소개된 마크 제이콥스Marc Jacobs 코카-콜라 라이트 3종 세트는 헬싱키의 슈퍼마켓에서 우연히 발견했고, 지금은 사무실 책꽂이에서 그 비범한 자태를 뽐내고 있다.

Coca-Cola

1886년 미국 애틀랜타에서 존 펨버턴John Pemberton에 의해 탄생한 탄산음료 브랜드. 한 해에 200여 개국에서 470억 병이 판매되며 세계에서 가장 유명하고 영향력 있는 브랜드로 자리매김하고 있다. 1915년 특허받은 '허리가 잘록한' 컨투어 병 제품이 출시된 이후 지난 100년간 끊임없이 스펜서체 로고와 빨간 원형의 아이콘과 함께 '언제나Always', '상쾌함Refresh', '진정한 맛Real Thing'의 음료이자 즐거움과 자유의 상징으로 각인되고 있다.
www.coca-cola.com

IVORY

참 청순한 비누

아이보리

살림 잘하는 우리 엄마는 옷장 서랍마다 향기 좋은 비누를 넣어두셨었다. 아름다운 패키지에 담긴 동그란 모양의 프랑스 향수 비누 로제 갈레Roger & Gallet의 이국적인 꽃향기가 스며든 옷가지들은 어린 마음에도 왠지 더 멋스럽게 느껴졌다.

하지만 우리 가족을 위한 세안용 비누는 따로 있었다. 언제나 욕실에는 하얗고 네모난 비누, '아이보리Ivory'가 놓여 있었고, 아주 어릴 때부터 세수도 목욕도 아이보리 비누로 했다. 꽃도 과일 향도 아닌 무취에 가까운 특유의 깔끔한 냄새가 너무 좋았다. 목욕 후 온몸을 감싸는 이 비누의 향기는 '청결'의 상징이었다.

나이가 들면서 아베다Aveda, 프레쉬Fresh부터 막스 앤 웹Marks & Web, 몰튼 브라운Molton Brown, 산타 마리아 노벨라Santa Maria Novella, 사봉 드 마르세유Savon de Marseille까지 수많은 브랜드의 비누란 비누는 다 써보았다. 세상에 좋은 비누는 정말 많이 있지만 나는 여전히 세상에서 제일 청순한 향기가 나는 저렴한 아이보리가 너무 좋다. 그리고 130년 이상 '99.44% Pure'라는 슬로건을 지켜온 온전한 순수함을 사랑한다.

Ivory

1878년, P&G의 공동 창업자 제임스 갬블James Gamble이 개발해낸 '물에 뜨는 순도 99.44%의 새하얀 비누'로 1879년 시판 후 대성공을 거두어 오늘날 세계적인 생활용품 기업 P&G 그룹을 있게 한 대표 브랜드. 특히 1924년부터 '현대 PR의 아버지' 에드워드 버네이스Edward L. Bernays(1891~1995)의 혁신적 광고 전략이 주효하면서 큰 유행이 되었다. 드라마를 의미하는 '소프 오페라Soap Opera'라는 단어도 주부들이 많이 시청하는 오후에 라디오나 텔레비전 드라마 앞뒤로 아이보리 비누 광고를 집중하면서 만들어졌다고 한다.
www.pg.com

365일 내 옷과 건강을 위해

런드레스

The Laundress

2004년 뉴욕에서 탄생한 런드레스는 친환경 패브릭 코즈메틱이라는 특별한 콘셉트의 브랜드. 명문 코넬 대학 출신으로 샤넬과 랄프 로렌 등 럭셔리 브랜드에서 디자인, 마케팅, 제품 개발 등의 커리어를 쌓아온 린지 보이드Lindsey Boyd와 그웬 위팅Gwen Whiting이 탄생시킨 런드레스는 그들의 패션에 대한 특별한 열정의 산물이다. 내가 아끼는 소중한 옷들을 처음 구입했을 때처럼 최상의 상태로 관리하고 각종 유해 물질로부터 피부를 보호하는 프리미엄 세제와 패브릭 케어 제품을 소개하고 있다. 런드레스의 모든 제품은 천연 식물성 원료, 재활용 용기, 생분해 가능 성분 및 천연 에센셜 오일로 만든다고 한다.

www.thelaundress.co.kr

아이가 생기면서 식품뿐 아니라 삶의 전반에서 '인체무해' 여부가 초미의 관심사로 대두되며 10년 넘도록 아주 사소한 것부터 '친환경' 제품을 선택하는 것이 일상화되었다. 어릴 때부터 파우더리powdery한 '바운스bounce' 오리지널 향이 보드랍고 은은하게 풍기는 옷에 익숙했는데, 형광 증백제가 들어 있지 않은 100% 친환경 무첨가 세제라는 '샤본다마Shabon'를 아이 때문에 사용하게 되면서 '세븐스 제네레이션Seventh Generation' 같은 유기농 세제 브랜드에 관심을 갖게 되었고, 홀 푸드 마켓Whole Foods Market에서 소개하는 수많은 브랜드를 직접 사용해보다가 결국 런드레스The Laundress를 선택하게 되었다.

여고 시절까지 심했던 결벽증과 정리벽은 흔적도 없이 사라졌지만 아직도 '구김'과 '냄새'에는 매우 민감하다. 담배 냄새는 물론 음식점에서 밴 복잡 미묘한 냄새가 옷에 배는 날은 종일 두통에 시달릴 정도다. 이런 나에게 '페브리즈Febreze'는 탄생과 동시에 하루도 없어서는 안 될 '완소 아이템'이 되었다. 특히 물세탁 할 수 없는 의류는 드라이클리닝을 맡기기 전에 페브리즈를 뿌려 재착용하는 것이 오랜 습관이 되었다. 런드레스를 만나기 전까지 말이다.

시트러스citrus와 머스크musk가 조화된 도시적인 우아한 향을 지닌 런드레스의 패브릭 프레시Fabric Fresh는 제품명 그대로 어떤 옷이든 상쾌하게 착용할 수 있게 도와주는 의류 전용 항균, 탈취 스프레이다. 요즘같이 미세 먼지 등 대기오염이 심각할 때는 의류 관리 역시 신경 쓰지 않을 수 없다. 드라이클리닝으로 인해 포름알데히드 같은 유독 물질에 노출될 수 있기 때문에 이를 최대한 자제하고, 매일 스팀 다림질로 '살균' 효과를 기대하는 나만의 의류 관리법에 런드레스 패브릭 프레시가 항상 함께한다. 스팀 후 패브릭 프레시를 뿌려야만 안심이 되는 것은 런드레스에 이미 중독되었다는 뜻이기도 하다. 5년 전쯤 뉴욕 홀 푸드 마켓에서 런드레스를 우연히 발견한 이후 하루도 빼놓지 않고 사용하고 있는데 아직까지 이보다 마음에 드는 친환경 패브릭 퍼퓸은 발견하지 못했다.

그런데 알고 보니 '섬유 탈취제'의 개념에서 한 단계 업그레이드된 '패브릭 퍼퓸'이라는 신조어와 함께 '옷을 최상의 상태로 관리한다'는 의미의 '패브릭 코즈메틱'이라는 신개념 제품군을 만들어낸 사람은 런드레스 뉴욕 본사가 아니라, 오랜 업계 지인이자 런드레스를 한국에 공식 유통하고 있는 캔디 코퍼레이션의 고인준 대표였다. 격조했던 몇 년 동안 이 근사한 브랜드를 국내에 론칭하고, 자리 잡게 한 숨은 주인공이 있었던 것.

내가 좋아하는 런드레스를 선물해준 〈더 갤러리아〉 최정아 편집장님 덕에 고인준 대표와 다시 연락이 닿아 런드레스의 10주년 기념 행사까지 맡게 되었다. '일기일회一期一會'란 이럴 때 쓰는 말인 듯하다.

INTERVIEW WITH THE BRAND CREATOR

린지, 올바른 런드레스 사용법을 말하다

나는 참 운이 좋은 사람이다. 지난 10년 동안 진심으로 좋아하고 실제로 사용하는 브랜드들과 인연이 닿아 함께 일할 수 있는 기회가 많았다. 런드레스도 마찬가지다. 평소 중독적으로 애용하던 런드레스의 '10주년 기념 프레스 이벤트'를 맡게 되었을 때의 희열은 아직까지 마음속 깊이 남아 있다. 정말 너무 즐거운 마음으로 정성을 다해 준비했고, 클라이언트들은 물론 참석한 프레스들에게 극찬을 받은 잊지 못할 프로젝트였다. 특히 뉴욕에서 온 런드레스 창립자 린지에게 서울, 특히 청담 문화의 진면목을 보여줄 수 있어서 더욱 의미 있는 행사였다고 생각한다.

뉴욕 업타운의 엘리트 출신으로 뉴요커의 라이프스타일을 대변하는 런드레스의 크리에이터이자 CEO 린지 보이드Lindsey Boyd를 소개한다.

Q 런드레스는 두 명의 친구가 만든 브랜드로 알려져 있다. 탄생 배경이 궁금하다.

A 린지와 그웬은 코넬 대학교에서 만난 친구다. 대학 시절부터 취향과 공감대가 비슷해서 친구가 되었고 졸업 후 나는 샤넬, 그웬은 랄프 로렌 홈 컬렉션에서 커리어를 쌓았다. 오랜 시간 숙고 끝에 동업을 결심했고 비즈니스를 시작했다. 서로의 장점을 최대한 인정하며 일하기 때문에 특별히 힘든 점은 없다. 우리는 보이지 않는 원칙을 가지고 있다. 예를 들어 출장에 동행하지 않는다. 내가 올해 한국과 일본을 방문한다면, 내년에는 그웬이 대신한다. 서로 사물을 다른 시각에서 바라봄으로써 각자 새로운 영감을 얻을 수 있기 때문이다.

Q 블랙과 화이트 컬러가 조화된 줄무늬 패키지가 신선하다. 이 디자인은 어떻게 결정되었나.

A 런드레스 브랜드가 탄생하기까지는 4년이라는 시간이 걸렸다. 제품, 브랜드, 패키지, 마케팅 콜래트럴 Marketing Collateral 등 런드레스를 이루는 모든 요소는 많은 고민과 노력을 통해 우리 둘과 전문가들과의 협업으로 탄생했다.

Q 런드레스는 한국에서 찾아볼 수 없었던 독특한 콘셉트의 브랜드다. 그런데도 비교적 짧은 시간에 많은 사람이 런드레스를 애용하게 된 이유가 무엇이라고 생각하는가.

A 전 세계적으로 고객들의 의식이 성숙하면서 화장품뿐만 아니라 라이프스타일 제품도 화학 성분이 아닌 천연 성분과 효과를 원하는 추세가 강해지고 있다. 런드레스는 그런 고객들의 취향을 만족시킬 수 있는 고품질의 제품을 선보이는 의식 있는 브랜드로 성장하고 있다고 생각한다. 특히 한국 고객은 글로벌 트렌드에 민감하면서 취향이 매우 높은 것 같다. 한국 방문은 이번이 처음이지만 한국의 문화와 소비 형태, 런드레스 코리아의 팀들과 친밀한 커뮤니케이션을 통해 느끼고 있었다. 한국 소비자만을 위한 익스클루시브Exclusive 제품도 준비하고 있다.

Q 런드레스 10주년을 기념하여 출시한 패브릭 퍼퓸, '넘버10 No.10'의 향이 상당히 매력적이다. 이 기념비적 제품에 대해 설명해달라.

A No.10은 상쾌하고 부드러운 린지의 취향과 강렬하면서도 자극적인 그웬의 취향이 아주 잘 조화된 제품이다. 물론 브랜드 탄생 10주년을 기념하는 완성도 높은 제품임이 분명하다. No.10은 2년간 조향사와 협업한 결실로 고급 향수의 특징을 그대로 담고 있다. 런드레스의 대표적인 시그너처 세제에 화이트, 다크 디터전트Detergent의 장점을 조합하여 세제의 기능도 훌륭하게 소화해내는 제품이다. 어느 순간 No.10에 푹 빠진 당신을 발견하게 될 것이다.

Q 세탁할 때, 런드레스 제품을 더욱 효과적으로 쓰는 노하우가 있다면?

A 런드레스의 전용 세제를 활용한다. 예를 들면, 스테인 솔루션 제품(강한 때, 오염 제거용)을 사용할 때 스테인 브러시(옷감에 손상을 주지 않는 말총 사용)를 이용해 때를 제거하면 옷이 망가지지 않아 안전하다. 스테인 솔루션Stain Solution은 음식물 오염을, 워시 앤 스테인 바Wash & Stain Bar는 사람의 몸에서 나오는 기름때나 화장품 등의 오염을 제거하는 데 아주 효과적이다. 런드레스의 제품은 이처럼 섬세하고 전문적이다.

Q 출장이 잦다고 들었다. 여행이나 출장 시 꼭 챙기는 런드레스 제품은 무엇인가.

A 당연히 패브릭 프레시Fabric Fresh 제품을 항상 챙긴다. 요즘에는 10주년 기념으로 나온 No.10 패브릭 프레시를 사용하고 있다. 그리고 트래블 키트Travel Kit도 매우 유용한 제품이다. 알게 모르게 때나 얼룩이 묻었을 때, 미니 사이즈로 나온 스테인 솔루션으로 금방 깨끗하게 처리가 가능하다. 겨울에는 정전기 방지용 제품인 스테이틱 솔루션Static Solution을 애용한다. 비행기 안에서는 패브릭 프레시를 담요나 베개에 살짝 뿌리면 더욱 위생적이고 숙면을 취할 수 있다.

런드레스 CEO 린지 보이드와 그웬 위팅

머치슨 흄

최근 식용 '식초'를 활용한 갖가지 세정법이 텔레비전 광고에까지 등장하고 있다. 특유의 강한 냄새가 자극적인 락스마저도 '천연 소금' 성분임을 강조하는 등 '자연주의' 홈 케어가 대세다.

사실 어릴 때부터 엄격한 친환경 생활습관에 길들여진 나는 엄마의 가르침대로 일상에서 가능한 한 화학 제품을 사용하지 않으려고 노력한다. 베이킹 소다, 레몬, 식초, 뜨거운 물만으로 집 안 구석구석을 청결하게 청소하고 관리하는 것에 익숙하다. 물론 머치슨 흄 같은 브랜드의 큰 도움을 받으면서 말이다. 1년 전쯤, 딸아이의 오랜 바람으로 귀염둥이 몰티즈 '희로'가 우리 가족이 되면서 '청소'에 더욱 신경을 쓰게 되었고 감성 충만한 자연주의 홈 케어 브랜드 '머치슨 흄Murchison Hume'을 알게 되었다.

도쿄 시부야Sibuya에 위치한 복합 쇼핑몰 '히카리에Hikarie'의 더 콘란 숍 키친The Conran Shop Kitchen에서 처음 발견한 '머치슨 흄'. 영국을 대표하는 디자이너 테런스 콘란Terence Conran 경이 전 세계에서 엄선한 실용적이면서도 아름답고 품질이 뛰어난 주방용품과 식료품 등을 선보이는 이곳에 런드레스와 나란히 놓여 있던 머치슨 흄은 홈 케어용품의 이솝Aesop과 같은 느낌이었다. 알고 보니 이 역시 호주 태생 브랜드였다.

머치슨 흄의 창립자 맥스와 피터 케이터Max &Peter Kater 부부는 '청결함은 아름답다 Clean is beautiful'라는 슬로건을 내걸고, 화학물질과 인공 향을 배제한 안전하고 효과적이며 심지어 즐거운 홈 케어 제품을 소개하고 있다. 알레르기가 심한 아들을 지키기 위해 인체에 무해한 제품을 찾아다녔지만, 흡족한 결과를 얻지 못해 결국 스스로 브랜드를 만들게 된 것이 머치슨 흄의 탄생 배경인 만큼 가족의 건강과 안전을 최우선으로 한 제품이라는 점이 매우 흥미롭고 안심이 되었다. 모든 제품은 '무독성, 무인산염, 무표백제'를 기본으로 생산되며, 생분해성 박테리아 성분이므로 배수구로 흘려보내는 물조차 환경을 오염시키지 않는다고 한다.

개인적으로 제일 좋아하는 제품은 욕실용 세정제인 '배스룸 클리너Bathroom Cleaner'다. 냄새만으로도 자극적인 기존 세정제와는 비교할 수 없는 싱그러운 자몽 향이 청소 시간을 행복하게 해준다. 아끼는 가죽 제품을 손질할 때는 '백 버틀러Bag Butler Leather Cleaner'가 제격이다. 고급 가죽의 변색을 막아주고 특유의 윤기를 지켜준다. 가구는 '에브리데이 퍼니처 & 업홀스터리Everyday Furniture & Upholstery Cleaner'로 닦아주고, 우리 막내딸이자 한 살 된 강아지 희로의 목욕을 위해선 '베스트 인 쇼Best in Show' 제품을 애용한다.

반가운 소식이라면 '청소'에 대한 센스 만점 아이디어와 감각이 가득한 '머치슨 흄'을 이제 서울에서도 만날 수 있다는 것인데 청담 SSG나 공식 온라인 몰 www.murchison-hume.co.kr에서 구매할 수 있다.

Murchison-Hume

2009년, 호주 시드니에서 패션 에디터이자 두 아이의 엄마인 맥스와 남편 피터 케이터 부부가 만든 자연주의 홈 케어 브랜드. 머치슨 흄은 '청소는 쉬운 것이며, 청결한 것이 아름답다'라는 슬로건 아래 99%의 천연 성분으로 제조하는 친환경 제품만을 소개한다. 천연 계면활성제, 킬레이트 화제, 오일 향료의 3가지 주성분을 토대로 건강과 환경에 해가 되지 않는 다양한 청소 및 세정용 제품과 반려견용품을 선보인다.

www.murchison-hume.co.kr

NEWMAN'S OWN
ORGANICS
WINTERGREEN MINTS
MADE WITH ORGANIC SWEETENERS
NET WT 1.76 OZ (50G)
The Original Celebrated
ALTOIDS
CURIOUSLY STRONG MINTS
NET WT
1.76 OZ (50g)
100%
Natural
PEPPERMINT
DEAN & DELUCA
PEPPERMINT
FINE QUALITY MINTS • NET WT 12.0G
The Original Celebrated
ALTOIDS
CURIOUSLY STRONG MINTS
NET WT
1.76 OZ (50g)
Naturally and
Artificially
Flavored
SPEARMINT
THE CURIOUSLY
STRONG MINTS

민트, 그 상쾌함의 신세계

알토이즈

처음 만난 날, 차 안에서 그가 건네준 민트에 반했다. 민트라면 아주 어릴 때부터 먹던 폴로polo 사탕 아니면 틱탁tictac, 멘토스mentors 정도라고 생각했는데 복고풍 틴 케이스 안에 'Curiously Strong Mints'라고 쓰여 있는 민트, 알토이즈Altoids는 뭔가 달랐다. 아주 특별했다. 딱딱하지도 무르지도 않은 적당한 강도와 사르르 녹아내리는 알싸한 맛의 민트를 알게 해준 그 남자(지금의 남편)가 멋져 보였다. 지금이야 서울의 여러 곳에서 알토이즈를 쉽게 구입할 수 있지만, 18년 전에는 미국에 가야 했다. 보스턴 스타 마켓Star Market에서 수십 개의 알토이즈를 사재기하던 나를 신기하게 쳐다보던 계산원의 표정이 아직도 생각난다.

역시 알토이즈는 평범한 민트 사탕이 아니었다. 1780년대, 영국 킹 조지 3세George III(1738~1820) 시대의 런던에서 태어난 알토이즈는 20세기 전반기까지 소화불량 등에 효험이 있는 제품으로 유명했다고 한다.

알토이즈의 진정한 맛은 페퍼민트와 스피어민트, 시나몬이 아니라 윈터그린Wintergreen이다. 상쾌하다 못해 강렬하고 날카로우며 폭발적인 이 허브 맛은 멘소래담Mentholatum 로션이나 파스를 연상케 하지만 한 번 빠지면 헤어날 수 없는 묘한 중독성이 있다. 입안 가득 퍼지는 오묘한 향은 졸음 방지, 구취 제거용으로 더할 나위 없이 완벽하다.

Altoids

1780년 영국 런던 스미스 앤 컴퍼니Smith & Company에서 만든 이래 200년 넘게 사랑받고 있는 민트 캔디 브랜드. 이후 19세기부터 캘라드 앤 바우서 컴퍼니Callard & Bowser Company가 제조했고, 1993년 크라프트사Kraft Co.가 인수하면서부터 큰 인기를 얻게 되었다. 빈티지 느낌의 틴 케이스와 부합하는 '기묘하게 강렬한 맛 curiously strong taste'이라는 전통적 슬로건에 광고 캠페인으로 패션과 문화 지향적인 고객들에게 큰 호응을 얻으며 프리미엄 민트의 대표적 브랜드로 자리 잡았다. 브리트니 스피어스Britney Spears는 알토이즈의 광팬으로 알토이즈를 드레스 룸, 화장실, 공연장 등 자신의 동선에 항상 배치하고 있다고 알려져 있다.
www.altoids.com

FreshBurst®
LISTERINE®

한없이 투명에 가까운 그린

리스테린

구강 청결제의 지존은 역시 리스테린Listerine이다. 정신을 혼미하게 하는 '폭발' 수준의 초강력 맛과 향에 놀란 것도 잠시, 'Kills germs that cause bad breath(구취를 유발하는 세균을 죽인다)'는 광고 슬로건의 효과랄까? 입안 유해 세균이 일시 박멸될 것이라는 절대적 믿음으로 사용한 지 벌써 25년은 되었다. 톰스 오브 메인Toms of Maine의 유기농 페퍼민트 성분 제품을 비롯한 온갖 브랜드의 구강 청결제를 섭렵했지만, 만족도 기반으로 '중독성'을 논한다면 나에겐 리스테린만 한 것이 없다.

이제는 전 세계 어디서나 아주 쉽게 구할 수 있는 리스테린의 역사는 무려 136년이나 되었다. 소독법 확립에 절대 기여한 영국의 외과 의사 조지프 리스터Dr. Joseph Lister(1827~1912)의 이름을 따서 만들었다는 이 브랜드는 이름 자체로 '소독'(Listerize 미국·영국 [lístràiz] <상처에> 리스터식 소독을 하다)을 의미한다. 1879년 미국인 의사 조지프 로렌스Dr. Joseph Lawrence가 창조한 리스테린은 마우스워시mouthwash라는 새로운 위생 개념을 확립한 기념비적 브랜드인 것.

Listerine

1879년 미국인 의사 조지프 로렌스가 탄생시킨 최초의 마우스워시 브랜드. '소독'을 의미하는 이름에 걸맞은 강력한 광고 슬로건으로 구강 청결제의 대표 브랜드로 자리매김하고 있다.
www.listerine.com

CINNAMON MINT
MARVIS
CLASSIC STRONG MINT
MARVIS
75 ml ℮/NET WT. 3.8 oz
DENTIFRICIO • DENTIFRICE • TOOTHPASTE • PASTA DE DIENTES • ZAHNPASTA
AQUATIC MINT
MARVIS
75 ml ℮/NET WT. 3.8 oz
JASMIN MINT
MARVIS
75 ml ℮/NET WT. 3.8 oz
TOOTHPASTE • PASTA DE DIENTES • ZAHNPASTA
WHITENING MINT
MARVIS

하루 두 번, 양치 시간이 행복해진다

마비스

한국 치약 중에는 페리오Perioe가 최고라고 단언한다. 1981년 이래 12억 개가 판매되었다고 하는데 1954년 첫선을 보인 럭키 치약의 명성을 변함없이 이어가고 있는 한국의 대표적 치약 브랜드이기 때문이다. 미국 브랜드 중에서는 유기농 베이킹 소다 치약으로 유명한 탐스 오브 메인Toms of Maine을 오래 사용했었다. 솔직히 타고난 병적인 호기심 때문에 별별 치약을 다 써보았다.

마비스Marvis를 알게 되기 전까지 말이다. 세상에서 가장 아름다운 치약이라고 칭송받아 마땅한 마비스 치약은 태어나서 본 그 어떤 치약보다 상쾌하고 향기롭고 우아하다. 이탈리아 피렌체 태생답게 패키지 자체에서부터 풍기는 비범함과 고급스러움은 경쟁 상대가 없을 듯하다.

7가지 컬러 패키지의 마비스 중 내 취향은 신비로운 보라색 재스민 민트Jasmin Mint다. 전형적인 클래식 스트롱 민트Classic Strong Mint 외에 진저 민트Ginger Mint, 시나몬 민트Cinnamon Mint, 아마렐리 리코리스 민트Amarelli Licorice Mint, 화이트닝 민트Whitening Mint, 아쿠아 프레시 민트Aqua Fresh Mint 등 다양한 향과 맛 중에 선택이 가능한데 특히 재스민 민트는 황홀한 재스민 꽃향기와 상쾌한 민트 향이 은은한 조화를 이루며 입안 가득히 감도는 아주 특별한 경험을 선사한다.

1958년 탄생한 마비스는 사실 특별히 알려진 바 없는 조그만 지역 브랜드였다고 한다. 1997년 회사가 팔리면서 재탄생한 이후 치약 이상의 부가가치를 인정받으며 트렌드세터들이 사랑해 마지않는 리빙 소품으로 급부상하고 있다. 추락하지 않는 것은 다 이유가 있는 법이다.

Marvis

1958년 이탈리아 피렌체에서 얼 프란코 첼라 디 리바라Earl Franco Cella di Rivara에 의해 탄생한 프리미엄 치약 브랜드. 미백, 충치 예방, 잇몸 보호 등 치약 본연의 기능에 충실한 것은 물론 민트 향을 바탕으로 다양한 아로마를 첨가한 '7가지 맛의 걸작'이란 콘셉트의 치약을 선보이며 일상적이고 단순한 행위인 양치질을 인생의 순수한 기쁨의 순간으로 승화시키는 데 초점을 맞추고 있다. 클래식 스트롱 민트Classic Strong Mint가 베스트셀러다.

www.marvismint.com

추억의 만병통치약

타이거 밤

어릴 때 자주 머리가 아팠다. 긴 자동차 여행을 할 때도 마찬가지였다. 그때마다 아빠는 내 양쪽 관자놀이에 호랑이 연고를 발라주셨다. 알싸한 박하 향을 맡으면 콧속까지 뻥 뚫려 두통이 사라졌다. 벌레에 물릴 때도 멍이 들 때도 나는 그 묘한 냄새 나는 연고를 발랐다. 부모님이 발라주지 않아도 알아서 발랐다. 성인이 되어서 혼자 해외여행이나 출장을 다니게 되었을 때 아시아의 여러 공항 면세점에서 호랑이 연고, '타이거 밤Tiger Balm'을 발견했다. 물론 추억에 젖어 기념품처럼 호랑이 연고를 구입하곤 했다.

그 기특한 호랑이는 연고뿐 아니라 오일, 파스, 로션, 스프레이로 변신하여 다양한 통증을 완화시켰고, 아빠가 그랬듯이 나도 우리 딸에게 가끔씩 이 전통의 아로마테라피aromathérapi를 물려주고 있다.

Tiger Balm

1870년대 중국 본초학자 후즈친이 탄생시킨 피부 소염제를 1909년 그의 두 아들이 싱가포르에서 상용화했다. 지난 100여 년간 100개국에서 판매되고 있으며 장뇌와 박하유 성분으로 타박상, 근육통 등은 물론 통증과 벌레 물림, 두통 완화에 효과적인 것으로 알려져 있다.
www.tigerbalm.com/sg

맺음말

'나는 쇼핑한다 고로 존재한다 I shop therefore I am.'

-바바라 크루거Barbara Kruger

2013년 가을에 시작한 책을 탈고하는 데 이렇게 오랜 시간이 걸릴 줄 몰랐다. 브랜드에서 협찬받은 것들이 아닌, 집과 사무실에서 실제로 사용하는 브랜드들과 그 물건들을 스튜디오로 이동하고 촬영을 진행하고 다시 정리하고 집필까지 하는 일이 생각보다 쉽지는 않았다.

참 다행이라면 '평생 쓰는 브랜드'들을 소개하고자 하는 기획 의도대로, 두 해가 지나도 이 책에 등장하는 브랜드들은 그 존재감과 가치가 그대로라는 것이다.

20년이 넘는 세월 동안 극적인 소비 활동을 통해, 지극히 사적인 취향으로 선별한 브랜드들이지만 에디터와 브랜드 스페셜리스트로서의 전문적인 안목으로 '가성비'가 높은 브랜드들을 엄선한 것임에는 분명하다. 의식주 전반에 걸쳐 당장 쉽게 구입할 수 있는 저렴한 브랜드부터, 많은 투자가 필요한 고가의 브랜드까지 다양한 '롱 라이프 브랜드'들을 모았다.

이 책을 쓰면서 신기하게도 쇼핑 습관이 바뀌었다. 나는 이미 남은 인생을 함께할 브랜드들을 충분히 소유하고도 남는다는 사실을 크게 깨닫게 되었기에, 순간 예쁜 것을 보고 흥분해서 충동구매를 하는 일이 급격히 줄어들었다.

결국 엄마의 말씀이 다 옳았다.

하나를 사도 좋은 것, 제대로 된 것, 오래 쓸 것을 사라고 40년 넘게 가르쳐주신 사랑하는 엄마께 이 책을 바친다.

2015년 가을

김 지 영

Kollection